龍秀美詩集

TAIWAN

◉付・日文

金培懿譯

花乱社

龍秀美詩集　TAIWAN

【封面畫作】
呉天章（Wu Tienchang）
「春宵夢Ⅱ」1995年
金蔥布＋油畫＋亮鑽＋聖誕燈（音響） 168㎝×220㎝
台中國立美術館收藏

【裝幀】
毛利一枝（Mouri Kazue）

龍秀美詩集 TAIWAN
❖
2021年1月19日 第1刷發行
❖
著者 龍秀美
譯者 金培懿
發行所 合同會社花亂社
日本福岡市中央區天神 5-5-8-5D
TEL +81 92-781-7550 FAX +81 92-781-7555
HP:http://karansha.com
印刷 ダイヤモンド秀巧社印刷株式會社
製本 篠原製本株式會社

ISBN978-4-910038-26-1

目次

〈序〉

〈詩作品〉

*

**

詩集 TAIWAN［日文］

詩集 TAIWAN
［中文］

薄靄透明媚——我讀龍秀美《詩集TAIWAN》

徐國能

詩的境界，是將極沉重的事物，化為輕靈；或是將極輕巧的事物，付諸沉重。此藝信非故作玄虛或是賣弄文藻，而是透視生命的玄智，照見事物在世俗短視之外的永恆性，生死雲煙，芥子須彌，詩的藝術是用語言捕捉本色以外的另一種顏色，諸味以上的另一層滋味。

兒時學習圍棋，經常研究吳清源、林海峰、王立誠等旅日棋士的棋譜，也慢慢從其中認識了中國，台灣與日本微妙的關係。二十世紀上半葉，日本是東亞現代化的中樞，思想、制度與科技都是亞洲楷式，有才能的中國人或台灣人，往往要東渡日本，在那樣的環境和制度中方能發揮天才，完成藝業。日本是一方夢土，但在歷史的狂潮下，故園燈火與血脈認同，亦同時困擾、疑惑著這些浮浪而往的追夢人。時移境遷，尋根反思，隔著大海的故鄉或稱之為祖國的那方土地與人情，又該如何詮釋？

「東亞」是複雜的能指，和詩一樣充滿隱喻和感嘆；當圓規的針尖落在台北、東京、北京、上海或首爾，自能畫出不同的圓周，區別迥異的思維，但其中又有那麼多的重疊，一雙筷子，多重風味；一柄摺扇，搖出的可能是江戶時浮世繪的白浪，也可能是文徵明寒林外的風雪。我們都在彼此之中產生巨大的既視感，但又困於歷史，難以解釋我們面對的每一個當下。
詩人龍秀美在《詩集ＴＡＩＷＡＮ》中，所要面對與闡述的，就是這樣的議題，她選擇用詩來理解與訴說，在沉鬱的東亞情境中，拓出一縷空靈。

我問父親
為何沉默五十年？
也問母親
為何五十年不語？
關於那座曾經喚做日本
有著甘藷形狀的島嶼　　　（包藏）

幾行詩語，便說盡迴旋在台日間的暗流，難道唯有沉默，才能避免觸礁？但回顧鄉園，詩人在尋覓宗祠的歷程中，用生長於日本的眼睛凝望，所見卻是一部失散的家譜：

色彩炫麗的獅子所守護的墓石前
鵜鳥們　展翅驅馳
那有著祖母眼眸的鵜鳥

那有著祖父鄉音的鵝鳥
族伯祖父的　伯父的　嬸母的　堂兄弟的　孫子的　曾孫的
足跡
整然越境而去的鵝鳥們
穿越五十年晚霞當空的蒼穹——
（鵝鳥——母親的夢魘）

這種深長的冥思，將國族家世，以極淡的筆法付諸感懷，充分表現了龍秀美詩中的靈境，而她也輕輕為大時代中的家族史譜成了終曲樂章：

由巴士海峽向琉球弧回溯
回溯候鳥飛渡的湛藍海流
鑲上孜孜不倦拼湊而成的閃亮骨片
明天且颯爽走在
五月街頭　（夢之胎）

龍秀美的詩，擺落現實，進入抒情的冥想，她的主題不是國族或歷史，那只是一個極淡極遠的背景，她在詩集中將深層而抽象的自我意識實體化，運用意象予以呈現。但讀者卻反而在這幽微的心靈圖景中，看見了那些在時代中孤獨的身影，寂寞的家世和無盡的滄桑。

詩是深刻的自我覺察，也是對世界的良心提醒，所有的矛盾、煩惱與哀愁，在詩的情境裡，或可昇華為一種清明的睿智。金培懿教授為此書作的翻譯的確傳神有趣，讀罷龍秀美這冊小集，不禁有一種複雜之感，是一種猶疑的美嗎？想起的卻是那篇遙遠的俳句：

（赴奈良路上）

春日已來乎

此山何名未得知

薄靄透明媚

生活在他鄉，裸裎以現

林秀赫

對於個人身份認同的不安，在有著臺灣血緣的日籍詩人龍秀美身上，感受更為強烈。無論是〈指紋〉，小心翼翼，反覆探證此生絕對的位置；或〈蓮霧〉詩中，因緣際會食用到本該最熟悉的「異國之物」；或在那首〈中山高速公路〉，寫到與堂兄弟們只能以英語對話。她的血緣來自臺灣，卻從出生開始就不得不融入日本社會之中。當生活在他鄉，常讓詩人處於「他者」與「共同體」之間的尷尬地帶，陷入孤獨的思索：「在日本面前，我裸裎以現。」（〈指紋〉），也成就了這本特別的詩集。

課堂上我曾問過學生一個問題：林文月的《京都一年》與彼得・梅爾的《山居歲月》，究竟屬於「旅行書寫」還是「在地書寫」？誠然書籍記錄了作者旅居的所見所思所感，以他者的角度對異地提出觀察，並由此反思自我生命，但當「他方」（Elsewhere）待久了逐漸成為「在地」（Local），此刻他鄉的生活，已悄然內化為更貼己的情感認同。龍秀美在〈櫻花〉這首詩中，說出唯有日本人才能體會的櫻花意涵，而在〈孝服〉、〈洗骨〉等詩，面對各種臺灣習俗，她反而感覺自己是完全的異鄉人了。「作為在地的一員卻又意識到自己是他者」以及「作為他者卻又認同自己是在地的一員」兩種情感，隨著我們生命的流轉遷徙，始終縈繞於心。在這本詩集中，有著深刻的表達。

龍秀美掌握文字的輕重、情思、語氣，以意志的強弱，駕馭一種詩性氛圍，或溫柔或對立或透徹或曖昧，寫出父輩遷居日本的失落感，以及她終身可能都難以名狀的臺灣鄉愁，道出臺灣人追尋一方夢土的艱難。譯者金培懿教授，為知名東亞漢學研究者，擁有深厚的日文造詣，使本書詩作始終保有詩人本色與日語特質，精確傳遞詩的情感與層次。

臺灣數百年來為中日文化的交匯之地，但在詩歌方面，學界鮮少提及近代日本詩歌對中文詩歌的影響。一九四九年國民政府撤退至臺灣，自那一刻起，中國新文學的新詩與日本現代主義詩歌在島上融合激盪。詩人林亨泰即受到日本未來主義詩人萩原恭次郎的啟發，開創了中文的「圖象詩」，擴展了新詩的表現方式，影響至今，遠及中國大陸、香港、星馬等華人世界。

期盼《詩集ＴＡＩＷＡＮ》的出版，能重新串聯起日臺詩歌的交流，同時經由詩人龍秀美的親身經歷，撫慰臺灣人身份認同的長久感傷。

二〇二〇年六月十六日　臺南

所謂以日語寫詩——關於第五十屆「H氏賞」獲獎詩集 龍秀美《詩集TAIWAN》

片岡文雄

所謂以日語寫詩，究竟是怎麼一回事呢？

生於一九三三年的我，現今六十六歲（譯者注：二〇〇〇年），其間勉勉強強也從十九歲開始持續寫詩至今。學生時代開始學法語時，雖然曾玩票性地嘗試寫法語詩，但那終究不出遊戲範疇，所以對我而言所謂的寫詩，就意味著以日語寫詩。也就是說，所謂以日語書寫，作為表現的手段乃是自然不過之事，不容絲毫懷疑之餘地。

然而，所謂以日語寫詩一事，是否就意味著自己作為表現者一事不證自明呢？不僅如此，作為所謂質問「我是誰？」這一問題的手段，是否也是不證自明呢？而縱使會伴隨著動搖，這卻也是必會遭遇的、不可迴避的自我追問。事情發生於去年秋天，此事對我而言堪稱「事件」，事情起因於下述契機。

去年十月，我與金利子（김 리자）的第二本詩集《火的氣味》（三重・石詩會）、李美子（이 미자）的第一本詩集《遙遠的堤壩》（土曜美術社出版販售）相遇。嚴格說來，我個人並未向她們本人確認其究竟是「在日韓國人」？抑或是「在日朝鮮人」？彼等超越此種祖國被分隔切斷的實情，其是自覺到

祖國朝鮮而以祖國為榮嗎？我們有必要正確理解這一問題。然而關於這一問題，又容許我個人做出判斷嗎？兩位詩人之大名皆非以日本名字稱呼，而是以根源於祖國的韓文名字行世。此事在我而言，最引發我關注的是：無論她們是在日二世，或是在日三世，縱使在家庭中或是同胞之間彼此使用祖國語言，但她們與我們這個日本列島社會的聯繫，以及在追問自己的實存根源時，恐怕並非以祖國語言，而是以日語進行。除了日語之外，別無他法！

看著「김 리자」（金利子）、「이 미자」（李美子）這樣的名字，在國家、民族、語言等各個層面上我感受到一種撕裂的痛楚，但是這卻向我提示了所謂的「表現」，究竟所指為何的根源。不過這一問題有別於龍秀美的問題，擬另撰文稿討論。

且說就在上述兩位「在日」詩人的日語詩集之後，去年歲末（譯者注：一九九九年）龍秀美寄來她的第二本詩集《詩集ＴＡＩＷＡＮ》（詩學社）。

而龍秀美也是以日本的殖民地為祖國。但是，在龍秀美對祖國臺灣的感懷中，其曲折程度當然與前述兩位詩人存在著異趣。又因為對「日本國臺灣」這一殖民地抱持著刻板印象，我必須留意理解龍秀美這個人及其詩作。

針對榮獲本屆「Ｈ氏賞」而接受新聞採訪時，詩人龍秀美如下回應道：「本次詩集書寫的是有關我和我家族的個人史。以此種非主流、次要素材而獲頒Ｈ氏賞，令人感到不可思議。或許在詩的世界裡風向也稍有變化。」（《每日新聞》西部本社版，３月５日）。

此話確實並非詩人謙遜之詞，詩集《ＴＡＩＷＡＮ》所收錄之作品，無論在題材或是性質上皆帶有非主流、次要傾向。但是，藉由無懼於主流的細部的堅定與強韌，以被私密性侵犯的自我為中心的小情境，卻包含著對大時代課題的控訴性攻擊，此點則不容忽視。

詩集開卷第一首詩「指紋」，即將此事娓娓道來，故將全詩揭引於下。

血汗　神經　匯流
脈動成指腹下的疼痛

渦漩狀似海流
環圍住一島成國的小小台灣
環狀紋一如凝視島嶼的眼
渦狀紋一如回望凝視的眸

烙印十指
小心翼翼反復採證
終生不變・萬人不同
此生絕對的位置

山崚已成　形勢順緩　輪廓流暢
突起的弧狀紋
那是陣雨驟降的日本山野
是鍾愛的日語音波
懷念且曖昧
我裸身的曲線

於是
在日本面前
我裸裎以現

被強迫按捺指紋的，正是詩集作者龍秀美。日後龍秀美雖將籍貫遷移到福岡市，但出生地卻是在佐賀市。其自身於一九四八年（昭和二十三年）誕生於日本，然截至二十年前左右完成歸化日本的手續為止，詩人卻一直被強迫按捺指紋。

「終生不變，萬人不同」的這一人類史真理，當其被作為左右個人生存條件之替身時的恐怖性，從〈指紋〉一詩中流露無遺。而所謂的真理，並非都是善的表現。因為個人史式的體驗，被直接連結為萬人的真理。而此種真理的殘酷性，作為日常性地在這個日本列島上生活的手段，或是作為獲得些許權利的代價，卻存在於被要求必須對內在事物放棄或斷念。而龍秀美被迫放棄自我姓名的臺灣讀法。詩集封面與底頁皆標記出龍秀美（りゅう　ひでみ）的羅馬字拼音。為何如此呢？關於這一問題我無法立下判斷。然可以想見的是：國籍項目在就業或是領受獎學金等情況下會成為阻礙。而為了獲得一些諸如此類的便利性而做出的決斷與行為，之後總會殘留著內在性深刻空洞，而此種深刻空洞性無疑地只會越來越深刻但卻無法彌平。而〈指紋〉詩中最大的斷念，正是放棄祖國「臺灣」。或許因為是作為手續而放棄，故而作為內在祖國的臺灣就更加成為哀戚對象的祖國。而放棄祖國臺灣後所換得的，則是「山陵已成　形勢順緩」、「陣雨驟降的日本山野」、「是鍾愛的日語音波」。這是斷然地將自己交付給祖國「日本」。故所謂的按捺指紋，正是這麼一回事。〈指紋〉該詩如此這般萃取出重要事項之際，該詩即具備作為批判之詩的特性，雖然表面上宛若私人詩，然同時也晃動著所謂國家這一無情且非人類史式的總體，故〈指紋〉一詩可以理解成是一首具有社會性、狀況性詩的樣貌。亦即，超越詩人本身是將本詩集理解為是非主流、次要的詩，本詩集內涵的重要性獲得認同。

而能夠寫出如此特異之詩的條件，不是一位一出生即為日本人，對於以日語寫詩不帶任何懷疑之人所可以具備的。對龍秀美而言，其所承擔的所謂：既是臺灣人卻又不是臺灣人，而且既是日本人卻又不是日本人的此種生存的非邏輯性，令其作為表現者嚴格箝制以日語書寫的自我意識。但是，其無法從此種困難中掙脫。因為詩人保證自我存在的唯一手段，就只存在於實現縫合那一被撕裂的自己的，矛盾鮮烈的表現手法中。

在此且稍微介紹龍秀美的血緣。話說距今（譯者注：二〇〇〇年）約六十數年前，龍秀美的父親年僅十三歲，就從日本殖民支配下的臺灣，前來日本留學。在本詩集的跋文描述中，關於詩人父親的出身階級並不清楚。而生於日本的女兒龍秀美從其父親那兒所傳授而來的，則是「作為夢土之日本」。而若是僅止於憧憬，並不會殘留內在傷痕，然而其夢想的結局卻是個「哪裡都不存在的日本」！何況敗戰的日本，毫不留情地捨棄了臺灣。較之於龍秀美，其父更早一步面臨到的殘酷無情，也是同時被日本和臺灣所拋棄，且此種殘酷無情並非僅止於其父親。戰爭時期與成為「日本人」的父親結婚的，龍秀美的日本人母親，因為戰爭結束的緣故，其父母卻雙雙成為了「中國人」！

臺灣總統選舉的結果，或是其後將迎來的中臺關係，將會對已然歸化日本的龍秀美產生何種作用？關於這一問題筆者無從判斷。但是，龍秀美在歸化日本後敢自報姓名為「りゅう　ひでみ」這件事，不就是詩人在抗議按捺指紋這一行為中暗藏著對人的污衊，也是詩人從悲劇人物的雙親人生中自立而出的行為。而且即使在日本這種特有的由單一民族佔據的職場上，龍秀美在職業選擇上也可以看出其如何周延地確保其自立之立場。亦即，其在設計研究所專研美術印刷設計，確保就業無虞，從事書籍編輯與裝幀工作。進而兼任活動策劃、城市情報調查、負責外文翻譯委託相關工作，以及擔任新創開發製作人等等，其積極的行動力令人瞠目結舌。而此事不可能不會反映在其自身的詩作上。

某日　或許亦有其事
龍將以其巨鼻

破　窓　而入
然後　定定地
凝　視　此　方

其時
驚愕的脊背　微微後仰
縮聚成一團的　小小家庭
視線彼端
究竟　望見何物（中略）
各自所見為何
已不重要
家人凝視的姿態如一
已　逾　五十年
那究竟是
被啥龐然大物　所視
說是　望見了
龍

即便如此
仍說是望見了
龍

〈看見〉這首詩中登場的龍，難道不能看做是歷史的隱喻嗎？是持續追求「夢土」的空虛渺茫與戰慄的歷史。在龍秀美收錄於第二本詩集《詩集TAIWAN》裡的作品中，無論是哪一首詩作，皆棲息著令我們倒頭栽墜落的力量。在龍秀美的詩作面前，我如是思惟：所謂自己是以日語作為表達工具這件事，是否意味著就是依據在日本這一列島上，操作單一民族之單一語言這樣的一種錯誤與安樂？

（日本現代詩人会『現代詩2000』）

詩集 TAIWAN

*

指紋

血汗　神經　匯流
脈動成指腹下的疼痛

渦漩狀似海流
環圍住一島成國的小小台灣
環狀紋一如凝視島嶼的眼
渦狀紋一如回望凝視的眸

烙印十指
小心翼翼反復採證
終生不變萬人不同
此生絕對的位置

山陵已成　形勢順緩　輪廓流暢
突起的弧狀紋
那是陣雨驟降的日本山野
是鍾愛的日語音波
懷念且曖昧
我裸身的曲線

於是
在日本面前
我裸裎以現

看見

某日　或許亦有其事
龍將以其巨鼻
破　窗　而入
然後　定定地
凝　視　此　方

其時
驚愕的脊背　微微後仰
縮聚成一團的　小小家庭
視線彼端
究竟　望見何物
說是　望見了

龍
不　說那不過是
霧
說那僅是　飛梭眼底的
華

各自所見為何
已不重要
家人凝視的姿態如一
已　逾　五十年
那究竟是
被啥龐然大物　所視
說是　望見了
龍

即便如此
仍說是望見了
龍

包藏

以布巾包裹紅豆糯米飯後　前去作客
「多絢麗的禽鳥圖樣」她說
「這是千羽鶴喲」他說
「千羽・鶴……千羽鶴」她喃喃自語
侷促的公寓房間裡
名喚爆竹的白兔
飛躍成閃電
言不盡意的我們盡情展顏
邊熬著名為金針的
百合花瓣湯

他們是
微光裹身　五十年前的父親與母親

我問父親
為何沉默五十年？
也問母親
為何五十年不語？
關於那座曾經喚做日本
有著甘藷形狀的島嶼——
雙親驚訝　向我凝視

「不被告知的本身
或許是為了保護」
年輕夫婦如是說
防範甚麼？
不語的父親藉由不語
不問的母親藉由不問
究竟固守住甚麼
是甚麼　不得不用五十年來

默守——

晚秋　黑影幢幢的松杉樹影
毗連深宅大院的街坊
以木之形佇立的　日本土地的精靈們
在這棲身簡素公寓中的　異國年輕妻子眼中
究竟被如何看待
而五十年後的她
眼底又將望進甚麼？

禽鳥飛渡金碧輝煌的黃昏蒼穹
不料這竟成巨大的布巾
以一種優雅但卻不容置喙的貪婪
意圖包藏　包藏
蒼穹
大海
眾生

異國

無遠弗届

風景

冬日住宅區裡的池
靜默發光
（鳥亦靜默隱遁）

方正水泥團塊中
小小的松杉庭園
易碎細微分子釀成的空氣
透視竹籬後方的世界

總覺朦朧
殘篇斷簡的夢
永續的日本風景
（終究還是要俯首彎腰過那扇柵門嗎）

（然後　曲身蜷縮前進）

我們本是夢境的一部分[註]
所以將坦率地溶化橫溢
松也是　杉也是
確信不移
在家中　在紙拉門外　在道途　在山陵
滿是沉寂濕潤的音韻
已然永遠安祥

父親抵日時
亦如是否
縱使在
台灣的榻榻米房間長大
縱使　清洗過水牛的臂
難道　也如是這般
擷取風景的嗎？

不明就裡的污垢
不早已滲透各個角落
（飛鳥眺望此方）

溫帶季風氣候的冬季裡
萎靡不振的薺草與鼠麴草
瑟縮倚肩的國度
頭裹宗師頭巾的芭蕉
快步疾行　穿越薄芒凋敗的原野
存在卻空無一物
因為　這裡是
安祥的國度

註　「吾等同於夢境，係為馬相同絲線所編織。」——莎士比亞《暴風雨》（福田恆存譯）

虎已離山

虎已離山
空留細竹
空留細竹

纖腰美女亦無蹤影
巍顫風中的
僅剩細竹
僅剩細竹

仙人亦不復返
開山建成的住宅區裡
隱現霞霧間的
就見細竹

就見細竹

睏倦的早晨
細竹紋理的青盤表面
響著一顆輕脆梅乾

由於虎已離山
在提前出門的高速公路上
只飄蕩著霧氣　和
若有似無的　甚麼

美女不在的寂寥
徒具背景的幻異
沙沙　沙沙　沙沙
始終迴繞耳際的　日本的聲音
客氣　不僭越地
然而

是甚麼
那儼然不存在的
彷彿在冥笑著

局促的預售屋外
四、五根細竹前
父親展顏
如皺紋滿面的仙人的臉

蛤蜊

啊　這不就是蛤蜊嗎！
王桑以一種遠眺的眼
雙手奉捧蛤蜊湯碗

自幼時畫本中
湧現出的　事物們
アサリ[註1]
ツクシ[註2]
カキ[註3]
イチゴ[註4]……

最初的教科書　有著
ハナ[註5]　ハタ[註6]　タコ[註7]　コマ[註8]　マリ[註9]……

ハナ？　當然是指扶桑花
嗯——
那是浸染柔嫩意識
最早的文字

蛤蜊的鮮香
蛤蜊的形狀
蛤蜊的口感
咀嚼了ア・サ・リ的本來面貌

「晚霞當空的紅蜻蜓[註10]……」
王桑微醺的好心情
但王桑　知曉的蜻蜓
是亞熱帶集聚水際
壯碩的蜻蜓
展翅十五公分
彷彿　閃著金銀光彩的　螺旋飛機

穿越芒果林而來
然而王桑懷念的舌尖
流暢婉轉地歌唱出一隻
至今未曾謀面的
日本蜻蜓
夕輝中　竹竿頂端
振顫地　唱著
纖細如絲的
原始語言風景

註１　アサリ：蛤蜊
註２　ツクシ：筆頭菜
註３　カキ：柿子
註４　イチゴ：草莓
註５　ハナ：花
註６　ハタ：旗
註７　タコ：風箏

註8　コマ：陀螺
註9　マリ：球
註10　戰前日本童謠「赤とんぼ」（紅蜻蜓）。歌詞由三木露風於大正十年（一九二一）因懷想當年於兵庫縣揖保郡龍野町渡過兒時歲月而作，日後山田耕筰於昭和二年（一九二七）為其譜曲，堪稱日本代表性童謠之一。歌詞描寫黃昏之際望見紅蜻蜓而遙想昔時，歌曲充滿鄉愁。平成十九年（二〇〇七）「赤とんぼ」獲選進入「日本之歌百選」，足見其深刻烙印於日本人心中，堪稱是日本鄉愁童謠的經典之作。

*
*

寓言

彎道離奇魅惑
水蓮綻放有聲
城址傲視危聳
那是孕育母親的街坊
話語裡G調響徹的居民
嗜食魚卵

那是孕育父親的街坊
矮屋並列的殖民地
閃爍著叫賣檳榔的紅舌
墓石色彩繽紛
狀若子宮

昔時遙遠
遠隔黑潮
母親的街坊
「支　配　過」
父親的街坊
據說

男人與女人的住街
原本迥異
僅地下水
嘈嚷流通兩地深處

反反覆覆　男與女的戰爭
莫名的優越感
如翻反過來的舊麻袋
殘留著力量風化了的記憶

倦怠化爲亞熱帶的霧
籠罩街頭
如家族的體臭

蝦——母親的夢魘

竹簍裡堆積如山的蝦
混進一隻八爪章魚
滿身黏膩濃稠的唾液

送你喲
這是那來不及乘船之人留下的
鹽水煮食即可　所以

那來不及乘船的人
究竟是誰
總似相愛甚親之人——

這麼多的蝦

全鑲著小而黑的眼
但蝦小難烹
復加奇妙的腥臭

無所謂的　就是勉強　食之成習
嗯　但是——
啊　船蕩　暈眩
這船將行往何處
到哪不都好嗎
快　蝦子請吧

船呀船　始終迴旋於一地似的
即便如此
蝦子請吧
唉呀　我暈眩呀　暈眩——
是呀　是呀　但蝦子請吧　蝦子請吧

奮戰甚久——那來不及乘船的人——
因為來不及乘船的人
留予你的
僅此而已

鵝　鳥——母親的夢魘

——鵝仔逃逸
——鵝仔逃逸
母親驚聲尖叫
夢中鵝鳥　飛越城壕
四千年難以理解的羽翼下
筋肉硬實　歲月賁張

意欲圍剿
對那啄食年幼父親私處　令其哭泣的
猙獰凶猛鵝鳥
有著深深的
誤解

漂洋過海的父親身後
悄然挨近一隻鶇鳥

——跋山而過
——跋山而過
在夢境深　　　　淵
母親失聲驚叫

穿越扶桑花隧道
群墓成山
色彩炫麗的獅子所守護的墓石前
鶇鳥們　展翅驅馳
那有著祖母眼眸的鶇鳥
那有著祖父鄉音的鶇鳥
族伯祖父的　伯父的　嬸母的　堂兄弟的　孫子的　曾孫的
足跡

整然越境而去的鵝鳥們
穿越五十年晚霞當空的蒼穹——

即使在夢中
母親啊
你豈能在群體前
挺身以抗

櫻花

我喜歡人造櫻花
它在晚風中翩翩起舞
像極了溫柔鄉的女郎們

我也喜歡刻印櫻花
年輕的父親　如同凝視著不可解的事物似的
幼稚園的出席簿裡
浸　　　　　滲
成一抹嫣紅的八重櫻

還有不堪追憶的櫻花
年輕的母親啜泣著
那是入學典禮上缺席的櫻花

我身著血色般殷紅制服
佇立於圓黑板牆前

緣由不詳且遙遠的櫻花
才是始終真切的櫻花

就如同父親偶爾吟唱的軍歌
——萬朵之櫻——　也說不定

父親和母親
在真實櫻花青嫩氣息瀰漫的
隧　道　下
無
盡
馳
騁

而彷彿自泛紅的紙燈籠洩漏出一般
由地平線另一端射進的光
則依然無法穿越黑暗

我在充血的櫻花底下
緊　按　乳　房
無
盡
馳
騁

蓮霧

——結緣食唐物——（近松《國性爺合戰[註]》）

蓮霧　這叫
彷彿罩蓮之霧
瞬間即逝　不足依憑
似仙女噴嚏般的果實

這一季在南國
舒　　潤
各個瞬間湧現自卡拉ＯＫ的
咽　　喉
但憑因緣際會以食異國之物

那有著甜淡口感
與透徹肌理　血色般
生疏的植物
那正是所謂名之為我的人生
出其不意的一種
格　　調

註　臺灣一般稱鄭成功為「國姓爺」，此處尊重日語慣稱鄭成功為「國性爺」，故翻譯時未改易。

心無罣礙

——愉悅　心寛　捨身——引自大石內藏助辭世

眾生切勿輕忽
因吾等一同
欲獵首級
獵首　而後
被獵
如是　方能
釋懷

然而　其時
令人扼腕
青葉之笛響徹之際[註1]
或許是認同危機吧

變得厭惡武士自身
雖然通常——獵得人首　便可獲取土地——

為了　為了頭顱被獵時
有人寫詩懸掛於項背[註2]

阿威赫拔哈並不想獵取甚麼首級
即使獵取日人頭顱也談不上榮譽[註3]
首先　如此野蠻之舉
吾部族人不為
說霧社[註4]　說武者
雖說有其相似之處

眾生皆是霧　裡　花

註1　小學唱遊歌曲《青葉之笛》。此歌所描述的是熊谷直實討伐平敦盛的情景。

註2　此指薩摩守平忠度。平忠度人在前線而對死有所覺悟，故將和歌繫於身，前去征戰。（參見《平家物語》）

註3　阿威赫拔哈即高愛德，是參加「霧社事件」的一員，著有《證言霧社事件》（草風館）一書。

註4　「霧社」與「武者」二詞日語發音同為「musha」。

以假亂真

談戀愛
當在廉價的紙造櫻花下
某詩人如是說[註1]
特別是
成人們的愛戀

台北日本料理店的壁龕　擺著
即使瞠目辨識　亦宛如真花的
人造花
不論真假
那是「中國人」
巧奪天工做成的　HongKong Flower[註2]

中國人若見了日本的紙造櫻花
或將驚訝　驚訝
日本人的美感
何其粗雜

是否只要相似　就
接近真實
謊言遠比真實美麗的
並非只限於
成人們的愛戀——

睽違五十年後
壁龕前並坐的
父親與伯叔們
雖然神似非常

註1　引自安西均詩集《金閣》一書。
註2　一九七〇年代香港大量出口的塑膠花，日人稱之為 Hong Kong Flower。

野生動物街坊

說是現代台灣人
毋寧說是日本人
或著說是　更早的支配者——荷蘭人
不也更好
堂兄弟半認真地呢喃

台北微闇的市場裡
野獸氣息彌漫
鴨　兔　狗　貓　鹿
小貓因為肉質柔嫩
鹿　為防其逃逸　被截肢

荷蘭人也好　日本人也罷

終究當不了　因為
被掛上了「野生動物」的標誌
只能　微張雙眼而眠
在等身同大的鐵網中

在「家畜類」絕望的食欲前

＊＊＊

孝服

異鄉人——完全地

不容分說　傳遞過來的白長褲
白鞋　白布縫成的三角頭巾
這到底是啥
麻繩繫結頭巾
飛揚如鱒魚之尾
稻草鞋
這究竟是啥
（直系子孫穿戴這些）
若讓辦公室的那些傢伙　瞧見
（穿麻　灑灰　哭泣）

異鄉人——淒慘地
父親濕紅的眼
——瑤池春寒寸草痛無益母靈
翻騰而至的奇妙情感
「言語不通　心中作苦」
疊覆在我手上的　皺紋深刻的手
——仙逝今駕鶴哪堪堂北迎遺兒

四十年籠罩不散的霧　乍然綻睛
呈露出血脈——泰山——之姿
喜笑顏開的童子們
盯　　　　住
我的　國際牌
傻瓜相機

紙錢

火焰跳動出一顆
詭譎　扭曲　泛青的
僧尼頭顱魅影
一疊泛著稻草味的黃土紙
如今晨離開的福岡辦公室　那股
喧囂　煩躁　粗糙　的觸感——
幾雙我親愛表妹們的小巧纖纖靈活指尖
飛舞成撲火的片片冥紙
紙火劈噼噼　喃喃燃成一句
故土　我大地的母親——
——幽冥境異各兩分……
彼世　此世　此地　彼地　昨日　今日

黃泉的貨幣　空白的稿紙
親愛表妹蜿蜒似一尾白蛇的
纖纖指尖
探索挑逗成你
一指的撫觸
——宛若幽冥同境

豐原凝重的霧
伏貼湍流之上
奔向那片一望無際的芒果園
如女媧不明原由的怒吼
隱約　傳自
黑　　　　　暗

中山高速公路

就我們身穿大衣
異常冰冷的霧　自中古巴士的隙縫潛入
（紅磚豬圈和養鰻池）
——戰後速成的軍需道路　稱作麥帥公路
原來如此
與堂兄妹們的對話　僅英語通行
辭不達意時　我們有
綳張的笑臉　與　美式的擁抱
在表錯情　會錯意的坡道上
我們使勁搏命　避免滑落
被肉眼無法察覺　如霧般的甚麼所
籠　　　　　　罩
只能一動不動

（在日本已然絕跡的　吐冒黑煙的煙囪）
思考那拂過美玲臉龐　煙霧一樣的甚麼
——小孩三人　有棟公寓
無法想像這是　十年前淚人兒的眼
（下半部為煙靄隱蔽的　巨大工業區）
由於　不諳語言
遂成　一絲不掛
頻頻嘗試
豎起衣領

洗　骨——重逢九年後

今日　死亡重新再度寂滅的死者
喚起我的幽闇意識

攜鶴老人
焚燒活生剝殼的龜
雲鬟女子
嘴銜金桃
領鹿男子
摩擦長爪

直徑數千丈的
紅月　當空高懸

潰散在即的肉軀
只含翡翠玉蟬

千年慾望
自頭蓋之窗
探頭窺視

由遙遠未來的胎兒
浸滲成花一朵

骨頭閃耀
骨頭殺戮
骨頭治癒
骨頭擊潰
骨頭蹂躪
骨頭糾纏
骨頭呻吟

骨頭痙攣
骨頭哄笑
永無止盡
今日　死亡重新再度寂滅的死者
恣意妄為生人的殘酷

不孝男

無造作的準確性　與
無懈可擊的殷勤　合而為一
亦即　以職業性的動作
男人挖掘土壤

——吉地　這是
由於可確實腐敗
五行調和　可高價出售

緩緩歸無者的幸福
在時光的煙靄中
不變者的不幸

直系男性叫做不孝男
女性全叫做孝女
因為我是孝孫女
所以有著此等容顏
父親顯然就是那
不　孝　男

金耳環！
依舊沾滿骨灰塵土
一家之長放置的兩枚新月
啞然立於掌心

浮現朝霞間　放射而去的
兩只耳環
——茫茫原鄉對唐山*
一向人間一向黃泉
——雨潑面肉　風吹帆船*

往海角　往故里
——離鄉千里過海路*
可有歸宿
不敢問　亦無人問

又見大塊膽石！
暴躁祖母特有
如大理石般
閃耀青白光澤的痛楚
結實牢固地
親手裁奪
交付給那
不　孝　男

* 引自羅大佑〈原鄉〉一歌。

夢之胎

麻花捲與蝦味先的袋子
倚靠墓石
焚燒粗大且薰煙裊裊的香
歲月微腫的眼瞼上　懸掛一輪
拂曉的紅月
快速錄影機中　倒帶的
月　　　　　　　　　　　不斷沉沒
不斷浮升
十年之月　二十年之月
轉瞬間
五十年之月

墓胎被掘
「血縁親族」的眼・眼・眼
窺　覗　黒　暗
紅月以其巨大力量
呼喚海潮
黒的洞穴　舔舐空間似的
翻眼反窺
眼神交會刹那
滿潮一氣翻湧

晶亮耳環
埋於潰散如塵的肉體
啪　嗒
落地瞬間
我在做啥
緩緩持續墜落　進
自轉的夢之胎

骷髏正面望去
果然像極了　祖母
哈・哈・哈・哈　自朝雲後方
是誰朗聲大笑
嘻・嘻・嘻・嘻　我亦笑開懷

由巴士海峽向琉球弧回溯
回溯候鳥飛渡的湛藍海流
鑲上孜孜不倦拼湊而成的閃亮骨片
明天且颯爽走在
五月街頭

年畫

呵　滿面春風——
買來飽脹淫猥的桃花源
垂掛寢室門上
明日　爆竹與梅香
會燦爛閃爍　帶來新年

招喚幸福的童子
懷抱好色金魚
血液騷動……啊　綺麗旖旎的夢
買個綺夢　歡欣雀躍地　放進行囊

絕對不再
不再繞遠路

年年有餘
招財進寶
勇往直前
朝年畫指引的路途
朝桃花樹下陽光普照的小徑
（規避中年小道）

渡過幼龍棲息的深淵上那道圓潤竹橋
搖錢樹成林
陶醉神怡　抬頭仰視
塑膠畫框上　輕輕地
我坐著

蒼天所賜

朝鮮的子民
說　大海所賜
說　山林所賜
說　蒼天所賜[註]

確實　幸福也會從天而降
不論有無羽翼
看得見　看不見的萬物
或流轉　或消融　或碰撞
如此這般放肆任性地　穿梭空中

台灣的攤販上
懸掛著五花八門的　蒼天所賜

在這裡
不容許諸如所謂「烤鳥肉來十串」之類的
怠慢說法
斑鶇二串　山鳩一串　鶇鳥一串……詳盡地
不得不　尊重
每個生命原味

在日本有歌唱道
「征海死水中
征山葬草叢」
在這國度　行蹤不明的屍首　不可勝數
竟遺忘了　蒼天
何等痴愚

筆直地　就是筆直地
往
平坦的地面

與
月亮皎潔升起的水平線
走
回神一立
卻
仍是原地

明明眼稍抬
便在那裡

悠然　天真　殘酷
各色人等猥褻雜亂的希望
光輝閃耀
上天五彩繽紛的賜予
展翅掌中

註　韓語中有「天之惠澤」（하늘　혜택）一語。

作為夢土之日本——以之代跋

龍秀美

自日俄戰爭以後，到第二次世界大戰結束為止的半世紀之間，亦即日本接受中國割讓台灣、統治台灣的時代，日本在台灣徹底實施了日本化教育。祖父誕生時，是台灣日本化教育的初期，父親則成長於日本化教育的最盛期。亦即，凡所謂「文化性」的事物，祖父和父親或許可以說只透過日語而來接受、薰陶。

我的父親於六十多年前，從台灣來日本留學時，就所有意義而言，日本乃所謂的「夢土」。或者對祖父母而言，日本乃其所謂的夢土也說不定。

所謂夢者，乃是一居不安之惡物。愈是對夢境有著熱切渴望，愈是如此。

背負著所謂留學日本這個「被賦與的夢想」，十三歲的父親不得不遠離其所熟稔並愛戀的一切。那時，父親心中或許有著某種全然性的失落。而自從在日本戰敗後的混亂世局中，錯失了歸國契機之後，五十多年來，每天在經營家庭的歲月中，即使將台語忘得一乾二淨，有時父親眼中，仍會閃過他當初所失落的那些事物的吉光片羽，那彷彿是胎兒在羊水中模糊曖昧的不安。

而不可思議的是：父親這一輩的台灣人，無論其是否身在故國，似乎總是以某種形式，擁有此種失落感。

「作為夢土之日本」，乃是滯留居住於日本的父親心中所失落的，以及那些與父親同輩的台灣人心中所遺落的，兩者的共通處之一。然而，他們所憧憬的日本，則是個「哪裡都不存在的日本」。戰後五十年，無可饒恕地，日本竟然忘卻台灣，忘情奔馳。

曾經作為日本人而參與戰爭的這一代，在日本戰敗的同時，也被拋出「祖國」之外。被拋出哪個祖國？其實難道不是皆被兩個祖國所拋棄。生於台灣的同時，因日本教育而被刪除的台灣意識，只能徘徊在某處不確定的夢境。儘管不具有日本國籍，但也不會想要擁有那特別是變形得不知本來面目的——所謂台灣人意識。

此處也有所謂的「哪裡都不存在的日本」。對父親而言如此，另外，對與當時是「日本人」的父親結婚，因歷史的惡作劇而成為「中國人」的母親而言，亦是如此。

本詩集所收錄的作品，是這十五年來，興之所至，陸陸續續寫成的詩作。或者不能稱之為詩也說不定。一印成了鉛字，宛若變成了謊言一般，不足依憑的「什麼」——彷彿只是飄過眼前的霧。

（一九九九年九月）

寄予中文版

龍秀美

本詩集日語版出版後未幾，中文版詩集即由金培懿女史翻譯完成。而與金女史結緣乃是透過福岡大學間ふさ子教授的介紹，而歷來有關我生命源頭——臺灣的諸般事物，間教授也總是不吝賜教。對於金教授充滿熱忱且優秀的譯筆，我始終思考著該如何以正式的形式刊行問世，但因諸般原因而不得不一延再延。

然因近年父親年事已高，我遂思考要如何「將臺灣的事物交還給臺灣」。本詩集中文版的出版，既是受歷史擺佈愚弄的父親其生存的證據，亦祈願其能成為我與另一個故鄉——台灣之間的紐帶，有鑒於此，遂決意出版本詩集中文版。

為了本次中文版詩集的出版，承蒙作家徐國能教授惠賜序文，徐教授從廣泛的東亞歷史中為本詩集作一定位。另一位惠賜序文的作家林秀赫教授，則對於處於臺灣與日本之間，如我這般的「中間性存在」者的自我認同問題，進行深刻解讀，並就臺日兩國問題提示了鮮明的對比。

最後，接受本詩集以中日文合併版此種麻煩，費工形式出版的福岡花亂社別府大悟編集長，另外，為中文版詩集設計賞心悅目裝訂的毛利一枝女士，以及繼另一本詩集《父音》之後，慨允提供畫作以為本詩集封面的吳天章畫家，還有與吳畫家商議籌劃本詩集封面設計的岩切澪女士等，在此謹向參與本詩集中文版出版的諸位相關人士，深致謝忱。

二〇二〇年八月　祈願世界平安

跋　文——故土難離？異鄉歸宿？

金培懿

一九九五年仲夏，我在福岡大學教授間ふさ子的引介下，來到其父親創立的「秀巧社」出版社辦公室，初識詩人龍秀美。那時，間教授還是任職於「福岡貿易會社」的秘書，不僅是我們母校九州大學中國文學研究室的大學姐，在我們後生晚輩看來，其堪稱是位奇人，工作做得有聲有色的同時，研究工作仍可持續進行從不間斷，可說是民間學者典範。而此前，我已從間教授口中耳聞龍秀美的出身背景、父輩人生經歷，以及其術業專攻等事。然而，在那個暑氣蒸騰的夏日午後，當我踏進「秀巧社」第一眼見到端坐於前的這位沈穩優雅，舉止從容，語氣溫和的女士時，那一刻我忽地忘卻一身燠熱，緊接著心中則非常詫異眼前這位淑女，竟然就是寫出〈不孝男〉這樣一首憾恨與控訴強烈交織，且意象鮮明、生命張力十足之詩的作者！

都說文如其人，然在我個人過往的讀詩經驗裡，親見詩人盧山真面目後的反差感也不勝枚舉，但卻也因此更加確認：詩，確實是詩人深藏於心的隱微幽情，是日常之外的另一個宇宙。而當時我雖然也就只是拜讀過龍秀美的〈不孝男〉，卻為詩中內容的深刻性所觸動，感動之餘也忽然領悟到離鄉背井的兒子們／父親們的悲傷。透過〈不孝男〉的描述，我在龍秀美父親這位「不孝男」身上，想起了自己在十七歲的某天深夜，無意間生平第一次撞見父親的眼淚，因為那天五十五歲的父親收到香港表姑來信告知：祖母早在幾年前就已辭世。離鄉千里近四十載，母子終未再見，父親一定也自認是「不孝男」！那從未見過祖母一面的我，能稱之為「孝孫女」嗎？

四年後的一九九九年，我迎來留學生活最高壓緊張的時期，鎮日埋首撰寫博士論文。即使如此，當年年底在拜讀過《詩集TAIWAN》後，我自告奮勇表示想將之翻譯成中文詩集。理由除了因為我原本就是現代詩的愛好者之外，主要還是因為《詩集TAIWAN》的作品讓當時人在異國留學的我產生巨大共鳴感。

因為在異質文化中，母體文化有時成為揮之不去的惡夢，其既是異鄉人難以捨棄的處所，有時也不免被過度美化膨脹。但是，當我們因為文化差異而與對方在思想上產生齟齬時，母體文化卻又成為支撐我們堅持下去的最強而有力的依靠。

龍秀美在其詩作中，揭舉出在「文化差異」這面大旗幟底下所隱藏的躊躇猶疑與迷惑不解，同時也闡明了在所謂的「同文同種」中又包藏著多少眾多的差異隔閡。使得我們在閱讀其詩作後的某一瞬間，終於得以勇敢主動掀開生命中無法癒合的傷口，卻也因此忽然挖掘出傷口之所以難以痊癒的病灶。

而關於所謂文化意識形態，堪稱是任何一個種族皆無法規避的問題。然誠如本詩集中〈虎已離山〉一詩所描述的，所謂的「文化」，雖無實體卻可確實感受到其存在。而文化之於我們，或許也可以說就是本詩集〈蓮霧〉一詩中所描述的「但憑因緣際會」之物，又或者就是〈寓言〉一詩中所訴說的，其不過是企圖孕育出某種優越意識的怪物也說不定。正因為一言以蔽之的「文化」，宛如迷一般地自在幻化，故而使得〈櫻花〉一詩中的父親，在面對「八重櫻」感覺困惑不解的同時，平時卻又能隨口吟唱出日本軍國主義鼓吹征伐之歌——「萬朵之櫻」。除此之外，我們也能從本詩集的開卷詩〈指紋〉，一眼看破所謂「優勢文化」的野蠻強橫與霸道非理性如何壓迫人類尊嚴。

然而縱如上述，即便文化存在著諸多功過是非，但當我們試圖理解自我，理解對方，以求儘可能彼此相互尊重、公平往來以對時，文化仍是我們無法迴避的最大課題，而此點或許正是《詩集ＴＡＩＷＡＮ》試圖向我們揭諸的難題。祈願我們都能尊重欣賞、慈悲愛護〈蒼天所賜〉的每個原味生命。

詩人龍秀美與《詩集ＴＡＩＷＡＮ》介紹及選詩解說

金培懿

【詩人龍秀美與《詩集ＴＡＩＷＡＮ》】

詩人龍秀美女士，一九四八年出生於日本佐賀市，為出生、成長於日本的臺灣人第二代。龍女士是「日本現代詩人會」、「日本文藝家協會」、日本「福岡縣詩人會」、「福岡文化聯盟」成員之一，其詩作不僅刊登於日本國內各大報刊、雜誌，亦曾被譯成中文、韓文。除了《詩集ＴＡＩＷＡＮ》之外，詩人的代表性詩集尚有《詩集花象譚》（東京：詩學社，一九八五年）、《詩集父音》（東京：土曜美術社，二〇一六年），以及為數甚多刊載於各報章雜誌之單篇詩作。

其中，《詩集花象譚》曾榮獲「福岡縣詩人賞」以及「福岡市文學賞」。《詩集ＴＡＩＷＡＮ》於一九九九年十二月由「詩學社」出版，二〇〇〇年榮獲第五十屆「Ｈ氏賞」，其獲獎理由之一，作者之業師，也是日本當代名詩人一丸章先生給出的得獎理由是：「作者面向嶄新時代，確立了詩人自身的形而上式抒情。亦即，詩人創造出以歷史事物為母體的嶄新美學。」

而詩人雖然早已歸化為日籍，然其生命血緣與文化臍帶，卻始終若有似無、若即若離地牽絆著她。《詩集TAIWAN》正是身為日本人又是臺灣人的龍秀美，以冷靜詩眼，主觀又客觀地凝視自我這一「臺日混同」存在之生命狀態、生存處境的獨白。

《詩集TAIWAN》全集由三章所組成，其結構大致如下：

第一章所描寫的，是居住在日本的詩人家人的心情寫照。

第二章則寓意地表現出：因為兩個祖國所引發的有關心理層面，或是文化層面的事件。

第三章則在描寫當場景轉移到台灣時，從詩人家人身上所映照出的日本。

誠如詩人自己所說的：「本詩集所收錄的作品，是從一九八〇年代中期以還至二〇〇〇年為止這十五年來，個人興之所致，陸陸續續寫成的詩作。因此，本詩集說不定或者也不能稱之為「詩」。所以當其一印成了鉛字，竟宛如變成了謊言一般，不足依憑的「什麼」——彷彿只是飄過眼前的霧。」

以下乃詩人從本詩集第一章中選出〈指紋〉；從第二章中選出〈寓言〉、〈櫻花〉、〈蓮霧〉、〈野生動物街坊〉；從第三章中選出〈洗骨〉、〈蒼天所賜〉等七首詩作所進行之解說，希望有助於讀者閱讀理解《詩集TAIWAN》及日本人／臺灣人龍秀美。

【選詩解說】

〈指紋〉

直到一九七四年，我們全家歸化日本為止，雙親和我及妹妹，每三年一次在辦理外國人登錄手續時，都得按下我們的指紋。

此種舉動雖說是所有居住在日本的外國人被賦予的義務，但是對於那些生於日本、長於日本的「外國人」而言，卻是一種令人感到相當奇妙的儀式。

在這種時刻，即便對此一義務感到厭煩不已，也不得不去思考平時自己並未意識到的有關自己的出身。諸如對自己而言，這個除此之外別無其他棲身之地的日本，究竟為何？這個探詢作為一個基本性的疑問，彷彿始終盤旋於我心深處。

而首次將此疑問用詩作形式呈現出來，則是在一九九二年時，接受文藝雜誌《西域》之請託所寫成的詩作。事實上，這首詩也形成了我台灣系列詩作的嚆始。截至當時為止，我幾乎從不使用具有具體性意義的題材來寫詩，可以說是所謂的抽象派詩人。

而究竟是什麼促使我轉變詩風？關於這個問題，雖然連我自己也不甚清楚，但猶然記得有些愛恨、離別、怨憎之情。

〈寓言〉

〈寓言〉這首詩作，是當初我在《讀賣新聞》以各種主題連載刊登的系列詩作中，以「街道」為題所寫成的作品。當初心想報社既然以「街道」為題材，乾脆也就原原本本地以「街道」為這首詩的題目算了，但是後來報社表示相當困擾，因為大家都以「街道」為詩題，所以希望我能考慮更換詩名，我於是將詩名改為〈寓言〉。不料這竟成為詩集《TAIWAN》第二章中的主題詩作，並促使我展開後續相關題材的創作，對我而言，這實在是一個相當有趣的經驗。

我雙親之間的關係，所以錯綜複雜，我個人以為其中似乎有一個原因是由於：所謂殖民地的男人和舊宗主國的女人的這一層關係，再摻雜進昔日所謂男尊女卑的想法，複雜地創造出一種顛倒的心理狀態。

〈櫻花〉

誠如眾所皆知的，日本人對櫻花懷有一種特別的情愫。自平安時代以來至今，櫻花因為既是美的象徵，同時在先前的二次大戰時期，櫻花又意味著殉國，所以有不少日本人對櫻花懷抱著複雜的好惡感。

對我而言，櫻花也是一種具有美與醜、真相與假相、真實與虛偽，此種雙面性質的存在。我是否算得上是真正的日本人？抑或是一冒充的台灣人？在被莫衷一是的兩個祖國所撕裂的個人身上，我看見了那充滿著不可思議的鮮血，和被妝點上頹廢情感的櫻花。

雖然乍見之下，這首詩可以解讀成一連串的寓意，但它卻都是根據我個人真實的生活、生命經驗所寫成。諸如幼時居住在煙花巷附近的經驗，或是因為是外國籍的身分，所以小學的學籍簿上沒有自己的名字，故而無法參加入學典禮，以及諸如文學與生活，虛構與現實之間的矛盾等等。

不知是否當真有那麼一天，自己可以從櫻花的束縛詛咒中逃脫出來？然而自己是否又果真想從櫻花的魔咒中逃脫？諸如此類疑問，我至今猶然未能明白。

〈蓮霧〉

我們一家人在這二十五年之間（譯者注：截至西元二〇〇〇年為止），也就只不過返回台灣四、五次。因此，所謂的親人，其實幾乎可以說是互不相知的異鄉人，彼此在交流時更是倍感艱辛。蓋所謂的卡拉ＯＫ，乃是在狹窄的空間裡，藉由歌唱出共同的歌曲，來消弭彼此之間的隔閡。

當年在台中某家卡拉ＯＫ的廂房裡，當我看見被端出來作為解渴用的蓮霧時，心中乍然湧現某種感慨。

日本江戶時代有名的淨琉璃作家近松門左衛門的作品中，有一部是以鄭成功為主角的《國性爺合戰》。故事中鄭成功的日本人母親渡唐後，看著眼前稀罕珍貴的食物，她感慨萬分之下所說出的台詞，便是：「結緣食唐物」。

無獨有偶的，在歷史時間的轉變中，如今，我們全家在異國（？）的卡拉ＯＫ廂房中，卻和語言不通的親人們，一同歌唱，一面吃著那彷彿有著血緣血色般，但卻有著不足依憑之口感的果實。而這無非就是命運不可思議的因緣際會。

〈野生動物街坊〉

大多數日本人對臺灣歷史和台灣處境的無知程度，著實令人驚訝。更遑論臺灣於國際社會中孤軍奮鬥的微妙處世法，或是台灣內部又分為幾個斷層，各種立場的人們的生存戰術，以及正因為諸如此類原因，臺灣所具有的深層憂鬱。

雖然如今的臺灣已大不相同，然而二十五年前，當我初次造訪台灣時，對於台北和鄉村之間所存在的意識上的鴻溝，則感到相當驚訝。也有不少女性在美國和日本的頹廢文化，以及鄉村封建式的家族制度間，為其所苦。男人們則熱衷於眼前的利益和經歷的取得，而捨棄對自己無有助益的女性。傳統的家族制度已然崩解，新的規範卻仍未確立。當時我感覺到的是：當經濟和文化之間的落差相當懸殊時，被犧牲掉的往往是女性。

台北市內並無所謂「野生動物」這條街坊，這純粹是我個人虛構而成。「野生動物」乃是比喻在絕望的同時，卻仍堅強的臺灣人；而「家畜類」則在比喻飽食的日本和美國。

〈洗骨〉

一九九四年時，我們返台為祖母洗骨。在日本，土葬已難得一見，更遑論洗骨。由於是生平頭一遭經歷此種儀式，遂使我考慮有關生與死、祖先和子孫之間強韌的血緣關係等各式各樣的問題。

另外，我還聽聞了有關年輕男子在山裡自殺的故事。這位男子聽說是在為自己做了祭壇，並且為自己準備了祭品以後才自殺身亡的。由此可以得知：自己往生後，設若沒有可以祭拜自己的後代子孫，將是一件多麼嚴重的事。

死後子孫們必定得來祭拜自己，數年後藉由洗骨儀式，子孫們又再度來與自己相會的這種文化，意味著家族強韌的聯繫，既是團結民族的力量，同時又是影響著後世子子孫孫的一種束縛性的家族制度。

此種家族制度中，被眾人所尊敬的死者，具有絕大的影響力。我想祖母在其有生之年，或恐也曾經如此這般地受死者所束縛。比起像日本這樣，在死後的隔天便火化成灰，被後代子孫所匆促忘卻的死者們，究竟何者較為幸福？

〈蒼天所賜〉

由於日文原文的「空の幸」，在中文中很難找到適當的譯詞，所以在翻譯討論過程中，這首詩作可以說是令人倍感艱辛的一首作品。

日本藉由戰爭所經歷的，而至今卻仍無法明瞭的缺陷之一，便是其有著非常難以接受不同價值觀的性格上的潔癖。宛若眼睛被蒙蔽了的馬兒一般，一旦認定目標便一味地勇往直前，甚至不惜毀滅。

人類的生活和希望，總是單純、天真、殘酷、猥褻。今後不僅不能認定只有自己才是正義的一方，設若不能將異文化按照其相異的形式，原原本本地加以接受的話，顯然勢必無法立足於世界。

渺小如我家的家族成員，一路尚且苦於狹小的民族差別以至今，對於只具有日本人之感性的家人而言，這宛如是場悲劇，就如同是由自己的內部攻擊自我。

竭誠希望我們能自覺到自身的無知，共創戮力互相理解之新世界。

詩集 TAIWAN［日文］

うるわしき薄霞——龍秀美『詩集TAIWAN』を読んで

徐国能

詩の世界においては、極めて重厚なる事物が軽妙なものに化し、極めて軽妙なる事物が重厚さを帯びて立ち現れてくる。こうした詩という芸は、決して文字を虚ろにもてあそぶ営みなどではなく、生命の奥深い真理を透視し、世俗的な視野の外に出て永遠なる実相、生死という雲煙、芥子のごとき須弥山を映し出すのである。詩という芸術は、言葉によって見慣れた地色とは異なるもう一つの色を、口慣れた味とは別次元の滋味を捉える。

私は少年時代に囲碁を学び、清源・林海峰・王立誠といった日本留学経験のある棋士たちの棋譜を研究した。こうした過程で、次第に中国・台湾と日本との微妙な関係を理解することにもなった。二十世紀の前半、日本は東アジアにおける現代化の中軸であり、その思想・制度及び科学技術は、アジアのモデルとなった。才ある中国人や台湾人は、日本へ渡るのを常とし、かの環境と制度の中で才能を発揮し、芸業を成し遂げようとした。日本は夢の地であったが、歴史の激流の中、故郷の灯火と血筋というアイデンティティーが、こうしたさすらいの夢追い人を悩ませ、困惑させることともなった。

「東アジア」は、複雑なシニフィアン（能記）であり、詩と同じように隠喩と感嘆に満ちている。台北、東京、北京、上海或いはソウル、コンパスの針を置く位置により、異なる円周が描き出され、全く異なる思惟として区別される。しかし、その中にかくも多くの重なりがあり、一膳の箸に多様なる風味がつまれ、一本の扇子が仰ぎ出すのは、江戸時代の浮世絵の白波でもあり得るし、はたまた文徴明の描く冬枯れの情景かもしれない。我々は誰もが彼此の中で巨大な既視感を生じるが、歴史に困惑され、我々が直面している一つ一つの今を解釈することが難しくなっている。

詩人龍秀美が『詩集 TAIWAN』の中で、向き合い、語ろうとしたものは、このようなテーマであった。彼女は詩という手段で理解し訴え、沈鬱な東アジアという情景の中に、一縷の清新なる精神世界を発見したのである。

わたしは父にたずねる
ドウシテ五十年間ナニモシャベラナイノ？
そうして母にも
ドウシテ五十年間ナニモキカナイノ？
かつて日本だった
甘藷のかたちした島のことを――　　（包む）

この数行の詩の言葉には、台日間に旋回している暗流において、座礁を免れるには、本当に沈黙しかあり得なかったのだろうかという思いが尽くされている。ただ、故郷の園を回顧する詩人が、祖廟を探し求める過程において、日本に生まれ育った眼差しで眺め、目にしたのは、一部の失われた家系図であった。

極彩色の獅子のかしづく墓石の前を
鵟鳥たちが駆けていく
祖母の目をした鵟鳥
祖父の声した鵟鳥
族伯祖父《おおおじ》の　伯父《おじ》の　叔母の　従兄弟の　孫の　曾孫の足どりして
整然と過ぎていく鵟鳥たち
五十年続く夕焼けの中を――
（鵟鳥――母の夢）

このような含蓄ある思索のうちに、国家民族の血筋が、極めて淡麗な筆法で偲ばれ、龍秀美詩の仙境が存分に表現し尽くされている。そして、彼女もまた飄々と大時代の中における家系という譜面の最終楽章を奏でているのである。

バシー海峡から琉球弧へ
鳥が渡る青い海流を遡り

営々と架けられた光る骨片を着けて
明日は五月の町をさっそうと歩くよ

（夢の胎）

龍秀美の詩は、現実を振り払い、抒情の瞑想に入っていく。彼女のテーマは国家民族或いは歴史ではなく、それは限りなく淡く、限りなく遙かなる背景であった。彼女は詩集の中で、深層に横たわる抽象的なる自我意識を実体化し、イメージによって露呈させる。しかしながら、読者は却って、このかそけき心の景観の中に、ああした時代の孤独な人影、寂寞とした血筋と尽きることのない移りゆきを目にすることになる。

詩とは深く切実なる自己洞察であり、この世界に向けられた良心の呼びかけでもある。あらゆる矛盾、煩悩そして哀愁は、詩の世界において、昇華されて清らかな叡智となる。金培懿教授がこの詩集のために紡いだ翻訳は、まことに真に迫り趣深いものである。龍秀美のこの詩集を読み終わり、思わず複雑な感興に襲われた。それは何ともためらいを帯びた美とでも言うものであろうか？　吾が脳裏に浮かんだのは、どういうわけか遙か昔のあの俳句であった。

奈良に出る道のほど
春 な れ や 名 も な き 山 の 薄 霞

（芭蕉「甲子吟行」）

他郷での生活、差し出されたすべて

林秀赫

個人のアイデンティティーへの不安が、台湾人の血を引く日本籍の龍秀美の身につきまとっており、その感受性は強烈に研ぎ澄まされる。「指紋」では、小心翼々と繰り返しこの「生きてある絶対の位置」が探求され、「蓮霧」の詩では、最もなじんでいるはずの「異国の物」を縁によって口にし、あの「中山高速道路」では、英語でしか通じない従兄弟との会話が描かれている。その血縁は台湾に由来するものでありながら、彼女は生まれた時から日本の社会に溶け込まざるをえない。他郷に生活することは、常に詩人を「他者」と「共同体」の間の気まずい領域に身を置かせ、孤独な思索──「これがすべてと　日本へ差し出す」(「指紋」)──に陥らせ、そしてまたこの特別な詩集を完成させる。

ある授業で、私は学生に次のような問題を投げかけたことがある。林文月の『京都一年』とピーター・メールの『南仏プロヴァンスの十二か月』は、いったい「旅行文学」なのか、それとも「郷土文学」なのかと。なるほど、そこには確かに作者が他郷に身を寄せていた時に見たり考えたり感じたことが記録されており、他者の目で異郷の地を観察し、己の生命が振り返られ、再認識されている。しかし、「他所」

（Elsewhere）も久しく留まっていると次第に「郷土」（Local）へと変化していき、その時、他郷での生活は、親しみを感じられる存在へと静かに内面化されていく。龍秀美は、「さくら」の詩の中で、日本人だけが実感できる桜の意味を語り、「粗衣」や「洗骨」などの詩では、種々の台湾の習俗を前にして、已が完全に異郷の人であることを感じている。「郷土の一員として、却って自己が他者であることを意識する」こと、「他者として、却って自己が郷土の一員であることを認める」こと、この二つの感情が、我々の生命の流転と移りゆきに従って、一貫して心につきまとっている。このことが、この詩集の中で、深く表現されている。

龍秀美は文字の軽重、思い、語気をコントロールし、意志の強弱によって、詩的雰囲気を思いのままに表現する。或るときは温柔、或るときは対立、或るときは透徹、或るときは曖昧な言葉で、父親の世代の台湾人が日本に移り住むことで生じた喪失感や、彼女がおそらくいつまで経っても表現し難いであろう台湾への郷愁を描き出し、台湾人が夢の地を求めることの困難さを語る。訳者金培懿教授は、著名な東アジア漢学研究者であり、日本語に対する造詣も深く、本書においては、詩人の真面目《しんめんもく》と日本語の特質が損なわれることなく、精確に原詩の情緒とグラデーションが伝えられている。

台湾は数百年にわたり日中文化合流の地であったが、詩歌の方面に関しては、学術世界でも、近代日本の詩歌の中国語の詩歌への影響に触れることはあまりない。一九四九年に国民政府が大陸から撤退して台湾に上陸したあの時から、中国における新文学の新詩と日本における現代主義の詩歌がこの台湾という島において邂逅し、激しく揺れ動いた。詩人の林亨泰は、日本の未来主義の詩人荻原恭次郎の啓発を受け、中国語の「図象詩」を創始し、新詩の表現様式を広げていった。その影響は今でも中国大陸、香港、シンガポールやマレーシアといった華人の世界に及んでいる。

『詩集　TAIWAN』の出版が、日台詩歌の新たな交流をもたらすこととなり、また、詩人龍秀美がたどった経験を通して、台湾人アイデンティティーの長きにわたる傷が慰撫されることを願ってやまない。

二〇二〇年六月十六日　臺南にて

日本語で詩を書くということ——第50回Ｈ氏賞受賞詩集 龍秀美『ＴＡＩＷＡＮ』をめぐって

片岡文雄

日本語で詩を書くとは、どういうことだろうか。

一九三三（昭和八）年生まれの私は、現在六十六歳であって、曲がりなりにも十九歳から現在に至る期間を、詩を書き続けてきた。フランス語を習い始めの学生の頃に、戯れに書いてみたが、それはあくまで戯れの域を出ず、詩を書くことは日本語で書くことを意味していた。つまりは、日本語で書くことは表現の手段としての自然であり、何ら疑いをはさむ余地のないことであった。

ところが、自分が日本語で詩を書くとは、表現者としての自明のことであるのか。そればかりではなく、私とは何者であるのかを問う手段としても自明のことなのかという、動揺をともなわせながらも、避けては通れなくなった自問に遭遇した。昨年の秋のことであり、私にとっては事件といってよいことだった。つぎのようなきっかけによるものである。

十月に金利子（キム・リジャ）の第二詩集『火の匂い』（三重・石の詩会）、李美子（イ・ミジャ）の第一詩集『遙かな土手』（土曜美術社出版販売）に出会った。正確なところ、それぞれが在日韓国人なのか、在日朝鮮人なのかを私自身本人に確かめてはいない。そうした分断された祖国の実情をこえて、祖国朝鮮を自覚し、誇りとしているのか、正しい理解が必要にちがいない。ただ、私として許される判断もあろうかと思う。二人ともに日本名ではない祖国に根ざした名を唱えていることである。それに私にとって最も注目することは、在日の二世、三世が、たとえ家庭や同胞の間で用いる祖国のことばがあろうとも、おのれのこの列島における社会とのつながり、自己とは何かという実存への問いは、祖国のそれではなく、日本語によること、日本語以外には失われていることである。

キム・リジャ、イ・ミジャを見ていくとき、国家・民族・言語のそれぞれのレベルにおいて股裂きになっているいたみを覚えるが、しかし表現するとはどういうことかの根源を示唆してくれていて、龍秀美のこととは別に、稿を新たにしたいと思う。

さて、右の二人の在日による日本語詩集のあと、年の暮れに龍秀美第二詩集『TAIWAN』(詩学社)が送られてきた。

龍秀美もまた、日本の植民地を祖国としている。しかし、祖国台湾への想いにおいて、その屈折率は前者とは当然おもむきを異にするものを宿している。また〈日本国台湾〉という植民地の平均値的イメージでもって、この人と詩を理解してはならないと、私は用心するところである。

今回のH氏賞受賞についての新聞取材に対して、筆者はつぎのように答えている。「今回の詩集は、私と私の家族について書いた自分史のようなもの。そんなマイナーな素材にH氏賞がいただけるとは不思議な感じです。詩の世界も少し風向きが変わってきたのでしょうか」(「毎日新聞」西部本社版、三月五日付)。

たしかにこれは著者の謙遜ではなく、収録作品の題材や性向においてマイナーな傾きをおびてはいる。しかしメジャーなものを怖れない細部のたしかさ、強靱さによって、私性に侵された自己を中心に据えた小情況が、時代が抱えた大きな課題に対しての告発的な攻撃性を含んでいることをも見落せない。
詩集開巻の一篇「指紋」がそのことを物語ってくれるので、左に全文を掲げたい。

すぐその下をズキズキと
血と汗と神経が通っている

海流のかたちした渦巻きが
島ひとつでできた小さな台湾をとり囲み
それを凝視《みつ》める眼のような〈環状紋〉
凝視め返す眼のような〈渦状紋〉

十本の指　全部を採る
ていねいに繰り返し採る
終生不変・万人不同
生きて在る絶対の位置
なだらかな山形をつくる〈突起弓状紋〉
時雨降る日本の山野

なつかしく　あいまいな
愛する日本語《コトバ》の響きの波形
そしてわたしの裸身の曲線《カーブ》

これがすべてと
日本《ソコク》に差し出す

指紋押捺を強いられてきたのは、著者龍秀美である。龍秀美はのちに本籍を福岡市に移しているが、出生地は佐賀市である。自身は一九四八（昭和二十三）年に日本で生まれているが、二十年ほど前に帰化の手続きを受け入れるまで、指紋押捺が強いられている。

〈終生不変・万人不同〉の人類史的真理が、個人の生存の条件を左右する形代にされていく恐怖が、この一篇からにじんでくる。真理というものは、常に善なるものを示しはしないわけである。個人史的体験は、万人にとっての真理として直結しているのである。この真理の残酷さは、日常的にこの列島で生活していく手だてや、いささかの権利を手渡す代償として、内なるものの放棄と断念を要求するところにある。龍秀美は台湾読みのわが名を放棄させられている。詩集表紙にも奥付にも、〈りゅう・ひでみ〉の読みのローマ字表記がある。なぜそうなのか、咄嗟の判断が私には付きかねた。就職や奨学金受給などに国籍条項が立ちふさがる。こうしたいくらかの便利さを手中にするための決断と行為のあとに残る内的な空洞の深さは、深まりこそすれ埋められるものではないにちがいない。詩「指紋」での一番大きな断念は、〈台湾《ソコク》〉

を棄てることである。手続きとして棄てるのだから、内なる祖国としての台湾は一層祖国としての哀切の対象となるだろう。それと引き換えに得るのは、〈なだらかな山形をつくり〉、〈時雨降る日本の山野〉と、〈なつかしく　あいまいな　愛する日本語《コトバ》の響き〉である。この〈日本〉に決断しておのれを差し出すのである。指紋押捺とは、そういうことである。このように、肝心なことを抽出していくとき、これは批評としての詩の特性に占められており、私詩を装いながら、実は国家という非情で非人類史的な総体をゆさぶる、社会的状況的な詩の相貌を備えていることが理解されるのである。つまりは、著者自身がマイナーな詩と理解していることをこえたところに、この詩集の含むところの重要性を認めることができるわけである。

　こうした特異な詩が書かれる条件というものは、出生からすでに日本人であり、日本語で詩を書くことに何ら疑いを容れない者に備わるものではない。龍秀美の場合は、台湾人でありながら台湾人ではなく、また日本人でありながら日本人ではない、という生存の不条理性を抱えている。それが表現者として日本語で書くことの自意識をきつく締め上げるのである。しかし、その困難から逃れるわけにはゆかない。なぜなら、自己の存立を保証する唯一の手だては、その引き裂かれた自己の縫合を果たす、鮮烈に矛盾した表現行為にしかないのだから。

　龍秀美の血のルーツに少しくふれてみたい。今から六十数年前、というと日本による植民地支配下の台湾から、父は日本留学を果たす。十三歳のときだ、という。詩集あとがきではその父の出身階級は判然としない。日本で生まれた娘の龍秀美がその父から伝えられたものは、「夢の地としての日本」であり、あこがれに止まるかぎりは内的な傷痕を残すものではないが、夢見ていたものは結局は「どこにも無い日本」

だった。戦争に敗れた日本は、容赦なく台湾を見捨てた。龍秀美に先行する無残さで、彼女の父もまた日本からも台湾からも放り出されていたのだった。無残さは父に止まらない。戦時下で〈日本人〉となっていた父と結婚した日本人の母は、戦争が終ったのを機に、二人して〈中国人〉になってしまったのだった。
台湾の総統選挙の結果や、その後に来る中台関係が、日本に帰化した龍秀美にどのように作用するものか、私には判断ができない。ただ、帰化して〈りゅう・ひでみ〉を敢えて名乗ることには、指紋押捺に潜む人間侮蔑への抗議と、悲劇の人としての父母からの自立の行為が含まれてはいまいか。そしてまた、日本人に巣食う単一民族的支配がぬぐい切れない職業の選択にあっても、いかに自立のポジションを確保していくのか、周到さを見せている。すなわちデザイン研究所でグラフィックデザインを学び、その仕事の現場を確保し、書物の編集・装幀などに着手する。さらにイベント企画、シティ情報のリサーチ、外国語翻訳発注担当とクリエイティブディレクターの兼務など、その行動の積極性には瞠目させられる。そのことが、自身の詩作の上に反映しないはずはない。

ある日
龍が巨大な鼻づらを
窓から突っ込んでくることもある
そうして　じっと
こちらを見つめるかもしれない

そのとき
かすかにのけぞって固まりあい
小さな家族は
視線の先に何を見たか

（三連略）

それぞれに見たものは
もはや　なんであってもよいが
凝視した姿勢のまま五十年が過ぎたのは
あれは　巨大な
何に　見られていたのか

龍を見たという
それでも　龍を見たという
（「見る」）

ここに登場する龍を、歴史の暗喩と見てはいけないだろうか。〈夢の地〉を求め続けた空漠と戦慄の歴史である。龍秀美が第二詩集『ＴＡＩＷＡＮ』に収めた作品には、そのどれにも、私たちを真っ逆さまに墜落させていく力が宿されている。龍秀美の作品を前にして私は思う。自分が日本語で表現することは、この列島に単一民族の単一言語を操るという錯誤と安楽によってではなかったか、と。

（日本現代詩人会『現代詩２０００』）

詩集 TAIWAN

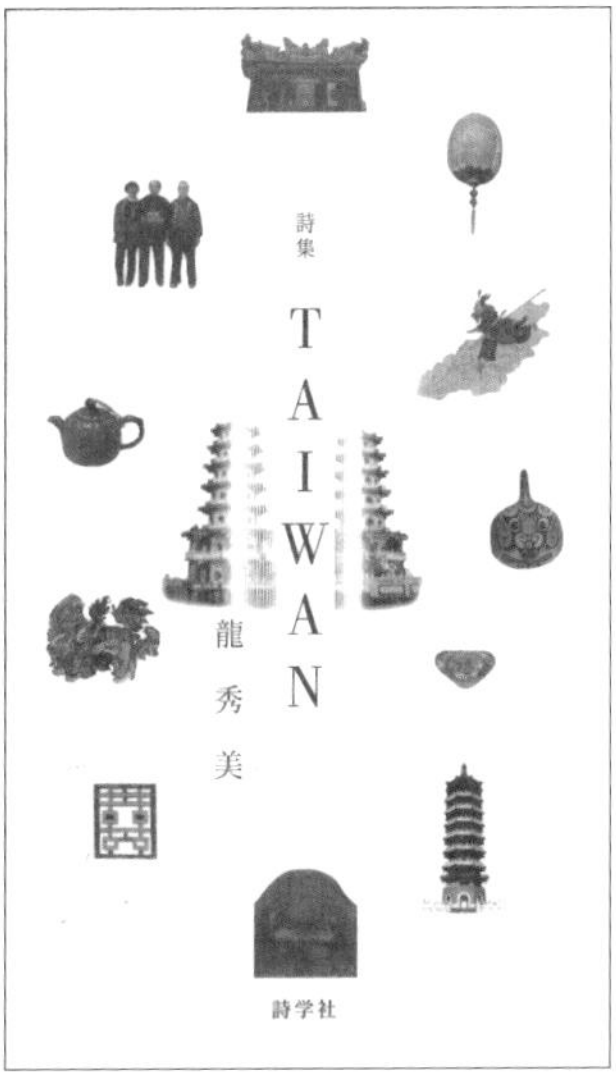

『詩集 TAIWAN』(詩学社，1999年)

詩集TAIWAN❖目次

＊

指紋

すぐその下をズキズキと
血と汗と神経が通っている

海流のかたちした渦巻きが
島ひとつでできた小さな台湾《ソコク》をとり囲み
それを凝視《みつ》める眼のような〈環状紋〉
凝視め返す眼のような〈渦状紋〉

十本の指　全部を採る
ていねいに繰り返し採る
終生不変・万人不同
生きて在る絶対の位置

なだらかな山形をつくる〈突起弓状紋〉
時雨降る日本の山野
なつかしく　あいまいな
愛する日本語《コトバ》の響きの波形
そしてわたしの裸身の曲線《カーブ》

これがすべてと
日本《ソコク》に差し出す

見る

ある日
龍が巨大な鼻づらを
窓から突っ込んでくることもある
そうして　じっと
こちらを見つめるかもしれない

そのとき
かすかにのけぞって固まりあい
小さな家族は
視線の先に何を見たか

龍を見たという
いや　あれは霧だったという
眼のなかに飛ぶ
華だったという

それぞれに見たものは
もはや　なんであってもよいが
凝視した姿勢のまま五十年が過ぎたのは
あれは　巨大な
何に　見られていたのか

龍を見たという

それでも　龍を見たという

包む

赤飯を風呂敷に包んでいくと
「鳥の模様　きれい」　彼女がいう
「千羽鶴っていうんだよ」　と彼
「センバ・ヅル……センバヅル」　つぶやく彼女
小さなアパートの部屋には
バクチクと名付けられた白い子兎が
稲妻のように飛び跳ねる
わたしたちはコトバの足りない分笑いころげなが
ら
金糸という名の
キスゲのはなびらのスープを作った

かれらは

微光に包まれた五十年前の父と母

わたしは父にたずねる
ドウシテ五十年間ナニモシャベラナイノ?
そうして母にも
ドウシテ五十年間ナニモキカナイノ?
かつて日本だった甘藷のかたちした島のことを
——
かれらは驚いてわたしをみつめる

何も知らされないことは
あなたを守ろうとしたのかも知れない　と
若いカップルはいう
何から?
語らない父は語らないことによって
聞かない母は聞かないことによって
何かを守っていたのだろうか
五十年間の沈黙によって守られねばならないもの

とは——

晩秋の屋敷町に連なる
黒々とした松や杉の影
日本の木々のかたちしてたたずむ土地の精霊たち
よ
この簡素なアパートに住む異国の若妻の眼に
それらはどう映っているのだろう
そうして五十年後の彼女の眼には?

金色の隈取りした雲の中を
鳥たちが渡っていく
不意にそれは巨大な布となって
優雅にしかし有無をいわせぬ貪欲さで
空を海を人を遠い国を
どこまでも包みこもうとしていた

風景

黙って光っている
冬の団地の池
(鳥も黙って隠れている)

しかくいコンクリートの区切りに
小さな松杉の庭
竹のまがきのむこうへ
すべてを透きとおらせる
もろくて細かい粒子でできている空気

どこかモウロウとした
こまぎれの夢が
いくらだって続いていく日本の風景
(やはり　あの　枝折り戸をくぐるのですか?)
(それで　にじっていったりして)

わたしたちは夢と同じものでできているから 註
素直に溶けだしていけるのです
松だって杉だって
信じて疑わないのです
家の中も障子のむこうも道路も山の端も
しずしずと湿った音韻に満たされていて
もうずっと安らかなのです

おとうさんが日本に来たときも
やはりこんなでしたか
台湾のタタミの部屋で育って
水牛のお尻を洗っていても
やはりこんな風に
風景を切り取ったのですか
正体のわからない何かのシミが
四隅に滲んでいませんでしたか
(鳥がこちらを眺めている)

温帯モンスーン気候の冬の
しおたれたナズナやハハコ草が
寒そうに肩を寄せている国
呆けたススキの野原などを
宗匠頭巾の芭蕉が
スタスタ歩いていってしまう
在るだけでは何も無い
ここは安らかな国なのですから

註 「吾等は夢と同じ糸で織られているのだ」
——シェークスピア『あらし』福田恒存訳

いない虎

虎がいない
笹だけ

笹竹

細い腰の美女もいない
しなしなするのは
笹竹
だけ

仙人もいない
山を開いた団地の
霧にまぎれているのは
笹
だけ

眠い朝の
笹の模様の青い皿に
梅干しがコロンとひとつ

虎がいないから

早出の高速道路には
霧と気配だけ

美女のいない寂しさ
背景だけの不思議さ

さわ　さわ　さわ
耳もとでいつも鳴る　日本の音
遠慮がちに　しかし
いない何かが
しんねりと笑っているようで

小さな建て売り住宅の
四、五本の笹竹の前で
くしゃくしゃな仙人の顔をして
父が笑っている

アサリ

あっ　これがアサリですか!
王さんは遠いものをみる目つきで
貝汁の椀を両手で包んだ

幼い日の教科書や絵本に出てくるモノたち
アサリ
ツクシ
カキ
イチゴ……

最初の読本は
ハナ　ハタ　タコ　コマ　マリ……でしたね
ハナ?　もちろん仏桑華ですよ
ええ——
柔らかな意識に染み込んだ最初の文字たち

アサリの香り
アサリのかたち
アサリの歯ごたえ
噛みしめるア・サ・リの素顔

〈夕焼けこやけの赤トンボ……〉
ほろ酔いの王さんは上機嫌だ
けれども王さんが知っているトンボは
亜熱帯の水際に集まるたくましいヤツだ
差し渡し十五センチ
金や銀に光るプロペラ機のように
マンゴー林を突っ切ってくる

けれども　王さんはなつかしむ
舌の先でころがすように歌う
まだ見たことのない日本のトンボを
夕映えの中　竿の先に震えている
糸のように繊細なコトバの原風景を

＊＊

寓話

不思議に人を惑わせるカーブの道と
音たてて開く睡蓮と高台の城跡をもつ
母の生まれた街
G音が強く響くコトバの住人たちは
魚の卵巣ばかり食べていた

父の生まれた街は
植民地の丈低い家並みに
ビンロー売りの赤い舌がひらめき
極彩色の墓石は
子宮のかたちをしていた

むかしむかし
遠く黒潮をへだてて
母の街は父の街を「支配」していたらしかった

男と女の住む街は
おのずから違う
ふたつの街の深いところを
さわさわと地下水だけが流れていた

繰り返しくりかえす　男と女の戦い
理由のない優越を
古い麻袋《ドンゴロス》のように裏返していた
風化した力の記憶

家族の体臭に似た倦怠が
亜熱帯の霧となって街を包んでいる

エ　ビ——母の夢

竹籠にエビが山盛り入っている
タコが一匹混じっていて
ヌラヌラした粘液にまみれている

これをあげますよ
舟に乗り遅れた人が置いていったんです
塩でゆがけば結構食えますから

舟に乗り遅れた人って誰かしら
なんだか親しかった人のような気もするけど——

こんなにいっぱいのエビ
みんな黒いちっちゃな目玉をつけて
でも小さくて料理がタイヘン
それに奇妙な臭いもする

大丈夫　ムリにでも食ってしまえば慣れるもので
　すよ
ええ　でも――
あっ　舟が揺れる　めまいがする
この舟はどちらへ進んでいるんですか
どちらでも良いじゃありませんか　ホラ　エビを
　どうぞ

舟が　舟が　ひとつところをグルグル回っている
　みたい
そうですとも　エビをどうぞ
ああ　めまいが　めまいが――
ええ　ええ　エビをどうぞ　エビを
舟に乗り遅れた人がね――ずいぶんと戦ってはい
　たんですが――
あなたに置いていってくれたのはこれだけなんで
　すから

鵞鳥――母の夢

――鵞鳥が逃げる
――鵞鳥が逃げる
母が叫ぶ
夢の鵞鳥は城郭《マチ》の濠を越えたらしい

理解に余る四千年の羽毛の下に
固い筋肉《すじにく》と骨張った歳月

囲えると思ったのだ
幼い父の東西《もの》をつついて
泣かせてしまった獰猛な鵞鳥を
深く誤解したのだ

海波を越えてきた父の後ろに
ひっそりと寄り添っていた一羽の鷙鳥
　――鷙鳥が山を越える
　――鷙鳥が山を越える
夢の深みで母が叫ぶ

仏桑華《ハイビスカス》の隧道《トンネル》を抜ければ墓山
極彩色の獅子のかしづく墓石の前を
鷙鳥たちが駆けていく
祖母の眼をした鷙鳥
祖父の声した鷙鳥
族伯祖父《おおおじ》の　伯父《おじ》の　叔母の　従兄弟の　孫の
　曾孫の足どりして
整然と過ぎていく鷙鳥たち
五十年続く夕焼けの中を――
夢の中で　なお
その群れの前に
立ち塞がっているのか
母よ

さくら

ビニールのさくらが好きです
夕方の風にひらひらしている
やさしい遊郭のおねえさんみたいな
はんこのさくらも好きです
若いお父さんが不思議なもののように眺めていた
ようちえんの出席簿の赤くにじんだ八重桜
思い出せないさくらもあります
若いお母さんが泣いていた
ぬけ落ちたにゅうがくしきのさくらです

わたしは血のように赤いセーラー服を着て
黒い板塀の前に立っていました

しらない遠い理由のあるさくらは
いつも本当のさくらでした

おとうさんがときどき唄っていた
ばんだのさくらとかもです

おとうさんとおかあさんが
ほんとのさくらの
青臭いにおいのするトンネルの下を
どこまでも駆けていきます

うすあかいぼんぼりのようなあかりが
地平線の方から射してきて
まだまだ抜けることができません

わたしは充血したさくらのしたを
ちぶさを押さえながら
どこまでも駆けているのです

蓮霧

――縁に連るれば唐の物を食う――（近松『国性爺合戦』）

れんぶ　という

蓮の花にかかる霧のように
サリサリとして頼りない
仙女のくしゃみのような果物

南国でもこの季節
つかのま現れて　カラOKのひとびとの

のどをうるおす

縁によって異国の物を食う――

かそかな歯ごたえと
肌を透かす血の色の
見慣れぬ植物は
わたし　という生き方の
ふいに　ひとつの様式である

あら楽し

――あら楽し　思ひは晴るる　身は捨つる――大石
内蔵助辞世より

おのおのがたごゆだんめさるな
われらいちどうは
くびをかりたいのだから

くびをかって　それから
くびをかられたいのだから
そうしたら
こころははれるのだから

でもあのときはまいった
あおばのふえのときは[註1]
あいでんてぃてぃくらいしすというか
さむらいがいやんなっちゃった
ふつーはくびをかると　とちがもらえるのだけれ
ど――

くびをかられたときのために
しをかいてせなかにぶらさげたやつもいたな[註2]

アウイヘッパハはくびなんかかりたくなかった[註3]
にほんじんのくびをかってもめいよにならない
だいいちそんなやばんなこと

うちのぶぞくはしない
霧社といい　武者といい[註4]
なにかにてるんだけどね

みんな霧のかなたのことさ

註1　小学唱歌「青葉の笛」より。熊谷直実が平敦盛を討つ場面の歌。
註2　薩摩守平忠度。討ち死にを覚悟して和歌を身につけて戦った（『平家物語』より）
註3　「霧社事件」に参加したメンバーの一人。著書『証言霧社事件』（草風館）がある。
註4　日本統治時代に台湾先住民によって起こされた反乱。「霧社事件」と呼ばれる。

似せの花

恋を語るには
安っぽい紙の桜の下がいい　と
ある詩人が言った[註1]
ことに大人の恋は

台北の日本料理店の床の間には
目を皿にしても本物に見える精巧な造花があった
なにしろ　あの中国人が
腕によりをかけて作ったホンコンフラワーだ

中国人が日本の紙の桜を見たら
日本人はなんと粗雑な美意識を持っているかと
驚くだろう

似ていればそれだけ
真実に近いのか
ウソのほうが本当より美しいのは
大人の恋に限らないが――

五十年ぶりに床の間を背に並んだ

父と叔父たちは
限りなく似ているのだけれど

註　安西均詩集『金閣』より

野生類通り

現代の台湾人であるより
日本人か
もっと以前の支配者だった
オランダ人になってりゃよかったんだ
従兄弟は半ば本気でつぶやく

台北の薄暗い市場には
けものの匂いが充満している
ガチョウ　うさぎ　犬　子猫　鹿
子猫は肉が柔らかいので
鹿は逃げないように足を切られて

オランダ人にも日本人にも
なれるわけないさ
「野生類」って札を下げられて
薄目を開けて眠るだけさ
ちょうど身体の大きさの金網の中で

「家畜類」の絶望的な食欲の前に

＊＊＊

粗　衣

異邦人である——完全な
ウムをいわさず手渡された白い長跨《ズボン》

白い靴　白布を綴じて三角にした被り物
これはなんだ！
頭巾に荒縄を巻き付け鱏《エイ》のシッポのように撥ね上
　げた物
ワラ草履
これは一体なんなのだ
（直系の子孫これを着用す）
オフィスの連中がこれを見たら！
（粗衣を纏い灰を被って哭す）

異邦人である——無残に

父の赤い眼
——揺池春寒寸草痛無益母霊
（春寒き池のおもてに揺れる寸草《ははごころ》……）
うねってくる不思議な感情
「コトバワカラナイ　ココロクルシイ」
私の手に重ねられた皺深い手

——逝仙今駕鶴那堪堂北迎遺児
（鶴に乗り仙境へと旅立つ祖母の姿……）
四十年の霧が忽然と晴れて
血脈の泰山が姿を見せ
ニコニコと笑っている童子たちは
私のナショナルポケットカメラを見ていた

紙銭

——葬式や仏事の際、死者の供養の為焚く呪符の一種。多く神像や経文が刷られている。

尼僧のイビツな青いアタマが
炎の中にゆらめいている
藁の匂いのする黄色な紙の束
今朝発ってきた福岡のオフィスの

喧噪のざらつく手触り——
小さな従姉妹たちの器用に繊《ほそ》い指先が
紙銭の束をほぐしては火に投げる
産土　ウブスナ　ウブ・スナ……という
コトバが火の中にチラチラする
——幽明境を異にする……
アノ世と　コノ世と　ココと　アソコと　キノウ
　と　キョウと
黄色な冥界の通貨と　白い原稿用紙と
白蛇に似た従姉妹の指先と　まさぐるあなたの指
　の腹と
——いずれか幽明境を異にせんや

重たい豊原の霧が註
泡だつ小川の水面を這い
マンゴー畑の方へ流れてゆく
ウブスナの神の声が何かに怒るように
かすかに闇を渡ってくる

註　台中県豊原市。父の実家の所在地。

中山高速公路

コートを着ているのは私たちだけだが
変に冷たい霧が中古バスのすきまから忍びこんで
　くる
（赤レンガの豚小屋や養鰻池）
——戦後すぐできた軍需道路でマッカーサー道路
　というのよ
なるほど道理で
イトコたちと私の会話も英語しか通じない
足りないところは顔のツッぱる笑顔と
アメリカ式に腰に手を回す
感情の行き違いの坂を
ズリ落ちないようにお互い必死で

目に見えない霧のようなものに巻かれて
じっとしている他はない
（日本ではもう見られない黒煙を吐く煙突）
美玲《メイリン》の顔をよぎる煙のようなものを考える
――子供が三人　アパート持ちで
十年前の涙もろい娘の瞳……
（下部を靄に隠された巨大な工場地帯）
コトバがわからないから
赤裸になって
コートの襟をしきりに立ててみる

洗骨

今日あらたに死を死んだ死者は
わたしの冥い意識を呼び起こす
生剥ぎした亀を焼く
鶴を連れた老人
金色の桃をかじっている
煙ったような髪の女

鹿を連れた男は
長い爪を研ぐ

さし渡し数千丈の
赤い月が懸かる

崩れる寸前の肉に
翡翠の蟬を含んで

頭蓋の窓から覗く
千年の欲望

はるか未来の胎児から

花のように滲んでくる染み

骨は光る
骨は殺す
骨は癒す
骨は叩き潰す
骨は踏みにじる
骨は交わる
骨は呻く
骨は痙攣する
骨は永遠に笑い続ける

今日あらたに　死を死んだ死者は
生の残酷を　欲しいままにする

不孝男《プーシャオナン》

むぞうさな正確さと
ぬけめない慇懃さとを合わせた
つまりプロの動作で
男は土を掘る

――良い土地なんだ　ここは
キッチリとね　腐るから
地水も火風も適っていて高く売れるよ

ゆっくりと無に帰するものの幸せ
時の靄の中で
変わらないものの不幸せ

直系の男は不孝男と称する
女はすべて孝女と呼ばれる

わたしは孝孫女であるから
そういう顔をする
父はあきらかに不孝男である

金の耳環！
まだ骨塵にまみれたまま
唾然と立っているわたしの掌に
家長は二個の三日月を置いた

朝雲に浮かべて放つ二つの耳環
――茫茫源郷対唐山*
ひとつは此の世へ　ひとつは黄泉へ
――雨澆面肉　風吹帆船*
海の彼方へ　そして故山へ
――離郷千里過海路*
行き着く先はあるのだろうか
あえて問いはしない問う人もない

また出た！　大きな胆石
シャク持ちだった祖母の
大理石のように青白く光る痛みは
手から手へ品定めされる
その　不孝男へ
しっかりと渡される

＊羅大佑　ROC ALBUM『原郷』より

夢の胎

かりんとうとえびせんの袋を
墓石にもたせかけて
太くて煙たい線香を焚く
歳月の腫れぼったいマブタに架かる
夜明けの赤い月
高速ビデオに逆回しで

落ちつづけ昇りつづける月
十年の月　二十年の月
あっという間の五十年の月

墓山の胎が暴かれて
闇を覗く　けつえんたちの眼・眼・眼
赤い月が巨大な力で潮を喚んでいる
漆黒の穴が空間を舐めるように
上目使いに覗き返す
眼と眼が合った刹那
ドッと押し寄せる満潮

塵と崩れた肉に
埋もって光る耳環
ポトリと落ちたその瞬間に
わたしはなにをしていたか
ゆっくりと落ち続けている

自転する夢の胎へ

真正面からドクロを見ると
やはり似ているよね　おばあちゃん
は・は・は・は　朝雲のむこうから
大声で誰かが笑う
ふ・ふ・ふ・ふ　とわたしも笑う

バシー海峡から琉球弧へ
鳥が渡る青い海流を遡り
営々と架けられた光る骨片を着けて
明日は五月の街をさっそうと歩くよ

年《ニエン》画《ファ》

――旧暦の年の暮れに売り出され、正月を迎えた民家の門口や壁に貼られる画。俗に門神という。

満面これ至福――
むっちりとみだらなユートピアを買って
寝室の戸口に架ければ
明日は爆竹と梅の香が
キラキラと新年を連れてくる

幸せを呼ぶ童子《エンジェル》は
好色な金魚に抱きつき
血が騒ぐのよと……ああ極彩色の夢
ひとつ買ってホクホクとバッグにしまう

もうけっして
遠回りはしないのだ
　年年有餘（年々進歩して）
　招財進寶（お金もどっさり）
まっすぐ行くのだ
年画が指してくれる道
桃の花下照る小径
（中年の小径は避けて）

小さな竜の棲む淵の
丸い竹の橋を渡り
金銀の実の生る木々
うっとりと見上げている
セルロイドの額の縁にチョコンと
座っている私

空の幸

朝鮮のひとびとは
海の幸
山の幸
空の幸　という[註]

たしかに幸は空からも来る

羽があるものや無いもの
見えるものや見えないものたちが
流れたり　溶けたり　ぶつかったり
あんなにもわがままに行き来している空から

台湾の屋台には
とりどりの空の幸がぶらさがっている
ここでは
「ヤキトリ十本」などという
無精な表現は許されない
ツグミ二本　山バト一本　ヒヨ一本……と
それぞれの命の持ち味を尊重しなければならない

日本では
海ゆかば水浸くかばね
山ゆかば草生すかばね　という歌があって
この国では　行方不明のかばねがたくさんある
忘れていたのだ　空のほうは

ば
か
ね

平たい地面と　そのむこうの
月が白々と昇る水平線へ
まっすぐに　ただまっすぐに歩いて
気が付くと立っている
もと居た場所に

目を上げれば
そこにある

あっけらかんと無邪気で　残酷で
猥雑な希望にかがやく
あの国の人の　その国の人の
手の中で羽ばたいている
色とりどりの空の幸が

註　空の幸…ハングルでは空の（ハヌル）恵沢（ヘデ）という。

夢の地としての日本――あとがきに代えて

日清戦争の後から第二次大戦が終わるまでの半世紀間、つまり日本が中国から台湾の割譲を受けて統治していた時代、台湾では日本化教育が徹底しておこなわれた。祖父が生まれた頃が、その始まりの時期であり、父はその最盛期に育った。つまり、およそ「文化的」なるものは日本語を通してしか与えられなかったと言えるだろう。

わたしの父が、五十数年前に台湾から留学してきたとき、日本はあらゆる意味で「夢の地」であった。それはあるいは祖父母にとっての夢の地であったかも知れない。

夢というものは居心地の悪いものだ。それが熱望されたものであればあるほど――。

日本への留学という「与えられた夢」を背負って、十三歳の父は慣れ親しんだすべてのものと離れなければならなかった。その時、父の中で何かが決定的に欠落したのではないか。敗戦の混乱の中で帰国のきっかけを失って以来五十数年間、家庭を営み日々の流れの中で台湾語を忘れ果てても、父の眼の中を時として欠落の断片がよぎる。それは羊水の中の胎児の漠然とした不安のようなものだ。

不思議なことに父の世代の台湾人は、故国にいるといないとに関わらず、何かのかたちでこの欠落を抱えている。

「夢の地としての日本」は、日本に居残った父の中で欠落していったものと、同世代の台湾人の中でこぼれていったものの共通項のひとつだ。しかし、彼らのあこがれた日本は「どこにも無い日本」だった。戦後五十年、日本は容赦なく台湾を忘れて突っ走っていったのだ。

かつて日本人として戦争にも行ったこの世代は、終戦と同時に「祖国」から放り出された。どちらの祖国から？　実はどちらからも——ではなかっただろうか。台湾で生まれながら日本の教育で切り取られた意識は、どこか不確かな夢の空間をさまようしかなかった。日本国籍もなく、さりとて、とっくに変容してしまって実体の分からない台湾人の意識を持ちようもない。

「どこにも無い日本」はここにもあった。父にとって、また、当時は「日本人」であった父と結婚し、歴史のいたずらによって「中国人」になってしまった母にとっても。

これらの作品はこの15年ほどのあいだに、思い出したようにぽつりぽつりと書いたものだ。あるいは詩と呼べるものではないかもしれない。活字にすれば、ウソになってしまうような、こころもとない「何か」——ただ眼の前を通り過ぎる霧のようなものという気がする。

中国語版刊行に当たって

龍　秀美

この詩集の翻訳は、日本語版が出版されてから間もなくして金培懿女史により完成されていました。わたくしのルーツである台湾に関してさまざまのご教示をくださった間ふさ子福岡大学教授のご紹介によるものでした。わたくしは、女史の熱意あふれる優れた翻訳をきちんとした形で刊行したいという思いをずっと持ち続けていましたが、諸般の事情により延び延びになっておりました。

しかし近年父の老いが深まるにつけ、「台湾のものを台湾に返す」ことを考えるようになりました。この出版が歴史に翻弄された父の生きた証拠となり、私のもう一つの故郷である台湾との絆になることを願って出版を決意しました。

今回この詩集のために頂いた徐先生の序文はわたくしの詩集を広く東アジアの歴史の中に位置づけて頂き、また林先生は台湾と日本の中間的存在としてのわたくしのアイデンティティーの問題を深く読み取ってくださり、二つの国の問題の鮮やかなコントラストを示してくださいました。

最後になりましたが、中日併記の煩雑な出版を引き受けてくださった福岡花乱社の別府大悟編集長、この詩集を素晴らしい装幀で飾ってくださった毛利一枝氏、前詩集『詩集　父音《ふいん》』に引き続き快く装画を提供してくださった呉天章画伯、また呉画伯とのコーディネートをしてくださった岩切澪さんなど関係各位にこの場を借りまして深く感謝申し上げます。

二〇二〇年八月　世界の平安を祈りつつ

跋　文——故郷を離れることはできるか？ 異郷に溶け込むことはできるか？

金　培　懿

一九九五年の夏、私は福岡大学の間ふさ子教授に連れられて行った秀巧社のオフィスで、初めて詩人龍秀美さんに会った。その時、間教授はまだ「福岡貿易株式会社」の秘書を務めておられた。間教授は、仕事と研究とを両立して精力的にこなされている民間学者の模範とも言えるような方であった。これ以前に、間教授の口から龍秀美さんの生い立ちや背景、父親の人生、その学問や専門分野のことを聞いていた。しかし、あの蒸し暑い夏の午後、私が秀巧社に入り目にしたのは、落ち着いて品があり、ゆったりとした佇まいで、やさしい口調の女性であった。私は、先ほどまで感じていた暑さも忘れ、まさか目の前の淑女が「不孝男《ブーシャオナン》」のような遺憾と訴求が強烈に交差し、鮮烈なイメージが浮かぶ、生命力にあふれた力強い詩を書き上げるとはと、驚きを禁じ得なかった。

「文は其の人の如し」と言うが、私個人の経験では、実際に詩人に会った時に、その作品との落差に驚く場合の方が多いようである。とは言うものの、だからこそ、詩とは、詩人の心の奥深くに潜んでいる幽けき心情であり、日常世界とは別次元の宇宙であるということを確認することになるのである。その時の私は、まだ龍秀美の「不孝男」しか読んでいなかったが、詩の内容の深さに心を打たれ、故郷を離れた息子たち／父親たちの悲傷がどのようなものなのか、突然悟ったような気がした。「不孝男」の描写を通して、私は、龍秀美の父親、この「不孝男」の身の上に、自分が十七歳の時のある日の夜、思わず目にした父の涙を思い出した。当時、五十五歳だった父は、その日、香港のおばから、実母が数年前に亡くなっていたという内容の手紙を受け取ったのである。遠く故郷を離れて四十年、母子はとうとう再会できなかった。父はきっと自らを「不孝男」と認めたであろう。では、一度も祖母の顔を見たことのない私は、「孝孫女」と称することができるのであろうか？

四年後の一九九九年、私は留学生活で最も多忙で緊張した時期を迎え、連日博士論文の執筆に取り組んでいた。にもかかわらず、その年の末、『詩集 ＴＡＩＷＡＮ』を読み、私は進んでこの詩集の翻訳を買って出た。その理由は、もともと現代詩が好きだからということのほかに、当時異国に留学していた私は『詩 ＴＡＩＷＡＮ』の作品にとても強く共鳴するものを感じたからである。

異質の文化の中では、母体となる文化は時に振り払うことのできない悪夢ともなり、異郷にある人の捨てがたい拠り所ともなって、美化するあまり大きく膨張してしまうこともある。文化の差異によって思想の齟齬が生じた時には、最も力強く自分を支えてくれるものでもある。

龍秀美はその詩で、文化の差異という大きな旗印の下に隠されていたさまざまなためらいや迷いを明らかにして、同じ文化の中にも多くの差異が存在することを教えてくれた。あたかも、傷口を開いてみたら癒やしがたい病の原因が突然理解できたかのように。

文化的アイデンティティーの問題はどの種族にとっても避けて通ることはできない。文化とは「いない虎」で描かれるような、実体はないが存在を感じることのできるものとも言えるし、「蓮霧」で語られる「縁によるもの」と言うこともできる。あるいは「寓話」のなかに見える優劣意識を生み出す企みかもしれない。それは謎に満ちていて変幻自在であるため、「さくら」の父親は「八重桜」にとまどいを感じながらも、「ばんだのさくら」の歌が口をついて出てくるのだ。そして「指紋」では優勢の文化の野蛮さや理不尽さを見ることになる。

ただ、文化にさまざまな功罪是非があるとはいえ、私たちが自らを理解し、相手を知り、できるだけお互いが尊重し合い、公平に向き合おうと意図する時、文化はやはり回避し得ない課題となる。これこそが『詩集　ＴＡＩＷＡＮ』が読者に示す難題なのかもしれない。誰もが「空の幸」にいう「それぞれの命の持ち味」を大切にかみしめ、やさしく守っていくことができるようになることを願ってやまない。

詩人龍秀美と『詩集ＴＡＩＷＡＮ』の紹介

金培懿

詩人龍秀美は一九四八年に日本の佐賀市で生まれ、日本で育った台湾人二世である。龍女史は「日本現代詩人会」、「日本文藝家協会」、日本「福岡県詩人会」、「福岡文化連盟」の会員であり、その詩作品は少なからぬ日本国内の大きな新聞、雑誌等に紹介されている。また、中国語、韓国語にも訳されている。『詩集ＴＡＩＷＡＮ』の他に『詩集　花象譚』（東京・詩学社、一九八五年）、『詩集　父音』（東京・土曜美術社、二〇一六年）があり、新聞雑誌そのほかに多くの詩作を発表している。

そのうち、『詩集　花象譚』は「福岡県詩人賞」、「福岡市文学賞」を受賞。『詩集　ＴＡＩＷＡＮ』は一九九九年十二月に東京・詩学社から出版され、二〇〇〇年に第五十回Ｈ氏賞を受賞した。龍秀美が永年師事してきた詩人一丸章は詩集の帯文で次のように語っている。「著者は、新しい時代に向かう独自の形而上的叙情を確立した。即ち、歴史なるものを母体とした新しい美学の創出である」

既に日本に帰化しているとはいえ、その生命の血縁と文化の臍帯は終始遠く、近く彼女を引き付けて離さない。『詩集　ＴＡＩＷＡＮ』はまさに、日本人であり台湾人である龍秀美が冷静な詩の眼を以って自我の内の主観と客観を凝視し、台日混同的存在の生命と生存の境地を独白したものである。

『詩集　ＴＡＩＷＡＮ』は三章から成り、概ね次のような構成を持っている。

第一章は日本に住む一家族の心象風景である。

第二章は二つの祖国の存在によって起こされる心理的・文化的出来事を寓意的に表したもの。

第三章は場所を台湾に移した時に照らし出される日本である。


また詩人はこう述べている。「これらの作品は、この（一九八〇年代の中期から二〇〇〇年に至る）十五年ほどのあいだに、思い出したようにぽつりぽつりと書いたものだ。あるいは詩と呼べるものではないかもしれない。活字にすれば、ウソになってしまうような、こころもとない「何か」――ただ眼の前を通り過ぎる霧のようなものという気がする」

以下に詩人が、本詩集の中から選んだ幾つかの作品の創作時の解説を述べる。すなわち第一章から「指紋」、第二章から「寓話」、「さくら」、「蓮霧」、「野生類通り」、第三章から「洗骨」、「空の幸」の七作品である。読者が『詩集　ＴＡＩＷＡＮ』と「日本人であり台湾人である龍秀美」を理解する助けとなることを希望するものである。

【自作解説】

「指紋」

一九七四年に一家揃って日本に帰化するまで、両親と妹と私は、数年に一度ずつ外国人登録の手続きとして指紋押捺をしてきた。これは日本在住のすべての外国人に義務づけられたものではあるが、日本で生まれ育った者にとっては、奇妙に感じられる儀式ではあった。普段は意識しない自分の出自を、この時は嫌でも考えざるを得ない。自分にとってここ以外に住むところの無いこの日本とは、いったい何なのか。これは基本的な疑問として、私の心の奥に深くしまわれていたらしい。

初出は一九九二年、文芸誌『西域』の依頼により書いたもの。この作品は実質上台湾シリーズの始まりとなった。それまでの私は具体的な意味を持つモチーフをほとんど使用しないいわば抽象派であった。何が方向を転換させたのか、自分でもはっきりしないが、いささかの愛別怨憎があったのを覚えている。

「寓話」

この作品は、「読売新聞」がテーマ別に連載していた詩のシリーズで「街」のテーマで書いたもの。最初のタイトルはそのまま「街」であったが、新聞社から「皆さん『街』では困ります。題を考えてください」と言われ「寓話」とつけたのが、そのまま第二章のタイトルポエムになり、その後の展開を促したのは面白い経験だった。

父と母との関係が錯綜しているのは、旧植民地の男と旧宗主国の女という関係と昔風の男尊女卑の考えが、複雑に転倒した心理を作り出していることにひとつの原因が有るように私は感じている。

「さくら」

ご存じのように、日本人の桜に対する思いは特別のものがある。平安時代から続いてきた美の象徴であると共に、先の大戦で殉国の寓意を持たされたため、日本人の中には桜に対して複雑な好悪の念を持つ人が多い。

私にとっても桜は美と醜、本物と偽物、真実と虚偽との両面を持った存在だ。私は本当の日本人？　偽の台湾人？　どちらとも言えない二つの祖国に引き裂かれる身には、この花は不可思議な血と退廃に彩られたエロスに満ちて見える。

しかし一見寓意の連続のように読めるこの詩は、すべて私の本当の経験に基づいている。幼い頃遊郭のそばで暮らした体験。外国籍であったために、小学校の学籍簿に名前が無く、入学式に出られなかったこと。そうして文学と生活、虚構と現実の相克。

桜の呪縛から本当に逃れる日は来るのだろうか。そして私は果たして逃れたいと思っているのだろうか。いまだに分からない。

「蓮霧」

私達一家はこの二十五年間に四～五回しか台湾に帰っていない。そのため親族といっても実はほとんどお互いのことを知らない異邦人と言ってよく、コミュニケーションには苦労する。

カラオケというのは狭い空間で共通の歌を歌うことによってギャップを埋めてくれる。台中のカラオケハウスで、咽湿しのために出てきた蓮霧を見ているうちに、私に或る感慨が湧いてきた。日本の江戸時代の有名な浄瑠璃作家近松門左衛門の作品に、鄭成功を脚色した『国性爺合戦』があり、その中で成功の日本人の母が唐に渡って、珍しい食物を前にしみじみと言うセリフ――「縁に連るれば唐の物を食う」。

数奇と言って良い歴史の変転の中で、今私達は異国（？）のカラオケハウスで言葉もよく通じない親族と一緒に歌っている。血縁の血の色をした、しかし儚く頼りない歯触りの果物を食べている。これも運命、不思議な巡り合わせというほかない。

「野生類通り」

大多数の日本人は台湾の歴史も、その置かれてきた立場も驚くほど知らない。まして国際社会で孤軍奮闘する台湾の微妙な処世術と、台湾内部でも幾層にも分かれた立場毎の生き残り戦術も。そうしてそれゆえの深い憂鬱も。

現在はずいぶん違っていると思うが二十五年前に初めて台湾を訪れた時は、台北と田舎との意識のギャップに驚いた。アメリカや日本の退廃的な文化の影響と、田舎の封建的な家族制度の間で苦しんでいる女性も多かった。男達は目先の利益や経歴の取得に夢中になり、自分のためにならない女性は切り捨てていった。古い家族制度は崩れ、新しい規範はまだできない。経済と文化のギャップが大きい時、犠牲になるのは女性達だとその時感じた。

「野生類通り」という通りは台北には無い。私のフィクションである。「野生類」は絶望しながらも逞しい台湾人の比喩でもあり、「家畜類」は飽食の日本やアメリカの比喩でもある。

「洗骨」

一九九四年に祖母の骨洗いに行った。日本ではもう土葬はほとんど見られずまして洗骨は初めてだったので、死と生のあり方、祖先と子孫の繋がりの強さなど色々考えさせられた。山中で自殺した若い男性の話も聞いた。彼は自分で祭壇を作り、自分自身に供え物をして死んだそうだ。祀ってくれる子孫がいないことは、それほど大変なことなのだ。

死後かならず自分を祀り、数年後には洗骨で再会してくれるという文化は、家族の強い繋がりが民族の結束力にもなっていると同時に、子々孫々まで影響を及ぼす家族制度の呪縛をも意味している。

家族制度の中で尊敬される死者は絶大な影響力を持つ。生きていた時には祖母自身もまた、かつての死者にそのように呪縛されていたのだろう。

日本のように、死の翌日には灰となり、あわただしく忘れ去られる死者たちと比べて、はたしてどちらが幸せなのだろうか

「空の幸」

原文の「空の幸」の中国語の表現がみつからず翻訳者が苦労した作品。日本が戦争で経験し、今もまだよく分かっていない欠点のひとつに、違う価値観をなかなか受け入れられないという性癖がある。目隠し

をされた馬のように、一度思いこむとひたすら真っ直ぐに進み破滅も辞さない。

人間の生活や希望はいつも単純で無邪気で残酷で猥雑なものだ。自分だけが正義と思いこむのではなく、違う文化を違うままに受け入れなくてはこれからの世界はやっていけない。

私達一家のような小さな家族さえ狭小な民族差別に苦しんできた。まったく日本人の感性しか持たない私たちにはこれは悲劇だ。自分の内部から自分が攻撃されるのと同じだからだ。

願わくば、何を知らないかを知り、お互いの理解に努力を惜しまない世界を作りたいものだ。


（『文学台湾』45号〔二〇〇三年〕より）

【作者簡介】

龍秀美　一九四八年生於日本佐賀縣，父劉秀雅，母美智子。一九七四年歸化日本，隔年首次造訪父親故鄉臺灣台中縣豊原鄉，自此開始創作以臺灣為主題的現代詩。二〇〇〇年，第二本詩集《TAIWAN》榮獲日本現代詩人會第五十屆「H氏賞」，第三本詩集《父音》則入圍第十九屆「小野十三郎賞」，其他尚有詩集《花象譚》（東京　詩學社，一九八五年），另編有《一丸章全詩集》（福岡　海鳥社，二〇一〇年）等。

E-mail / bananacookie0@gmail.com

【譯者簡介】

金培懿　出生於澎湖縣西嶼横礁。日本九州大學文學博士，現任臺灣師範大學國文學系特聘教授，專研日本漢學、經學、朝鮮儒學等。著有《江戸古學派における《論語》注釋史の研究》、《近代日本《論語》詮解流變》、《日本儒學之社會實踐》、《儒學的日式開展》、《幽冥鬼趣與儒家倫常》等書；合編有《日本儒學研究書目》上、下；合譯有《論語思想史》。

【著者略歴】

龍秀美（りゅう・ひでみ）　一九四八年、父劉秀雅・母美智子の間に日本佐賀県で生まれる。一九七四年、日本に帰化。翌年初めて父の故郷台湾台中県豊原郷を訪問する。その頃から台湾をテーマにした詩を書き始める。二〇〇〇年、第二詩集『TAIWAN』で日本現代詩人会第50回H氏賞受賞。第三詩集『父音』で第19回小野十三郎賞最終候補。他に『詩集 花象譚』（詩学社）、編著『一丸章全詩集』（海鳥社）など。

E-mail / bananacookie0@gmail.com

【翻訳者略歴】

金培懿　澎湖県西嶼横礁に生まれる。九州大学博士（文学）。現在、台湾師範大学国文学科特聘教授。専攻は日本漢学、経学、朝鮮儒学など。著書に『江戸古学派における『論語』注釈史の研究』、『近代日本『論語』詮解流変』、『日本儒学之社会実践』、『儒学的日式開展』、『幽冥鬼趣与儒家倫常』、共編に『日本儒学研究書目』上・下、共訳に『論語思想史』などがある。

【推薦者簡介】

徐國能　出生於臺北市。臺灣師範大學國文學系博士，現任臺灣師範大學國文學系教授，專長古典詩學，並創作散文、現代詩，屢獲「全國優秀青年詩人獎」、「中央日報文學獎新詩第三名」、「臺北市文學獎新詩評審獎」、「臺北市文學獎散文」、「聯合報文學獎散文大獎」、「中國時報文學獎散文第二名」、「教育部文學獎散文第二名」、「臺灣省文學獎散文佳作」、「全國學生文學獎散文」、「文建會全國大專文學獎散文首獎」等多項文學創作獎項。出版有《第九味》、《煮字為藥》、《綠櫻桃》、《寫在課本留白處》等多部現代散文集，以及兒童文學作品如《為詩人蓋一個家》，該書榮獲二〇二〇年臺北市立圖書館「好書大家讀　優良推薦圖書」後，再獲「金鼎獎優良出版品」推薦作品（兒童及少年圖書類）。

林秀赫　本名許舜傑，出生於臺南市。臺灣師範大學國文學系博士，現任臺南大學國語文學系助理教授，專研現代詩學、現當代文學與流行文化。並創作小說、電影劇本，屢獲「吳濁流文學獎」、「林榮三文學獎」、「全球華文文學星雲獎」、「臺北文學獎」、「聯合文學小說新人

【推薦者略歴】

徐国能　台北市に生まれる。台湾師範大学国文学科博士。現在、台湾師範大学国文学科教授。専攻は古典詩学。自ら随筆、現代詩の創作にも携わる。「全国優秀青年詩人賞」、「中央日報文学賞・新詩第三位」、「台北市文学賞・新詩審査委員賞」、「台北市文学賞・散文」、「聯合報文学賞・散文大賞」、「中国時報文学賞・散文第二位」、「教育部文学賞・散文第二位」、「台湾省文学賞・散文佳作」、「全国学生文学賞・散文」、「文建会全国大専文学賞・散文第一位」など多くの受賞歴あり。『第九味』、『煮字為薬』、『緑桜桃』、『写在課本留白処』など多数の散文集を出版している，また児童文学作品に『為詩人蓋一個家』があり、本書は、二〇二〇年台北市立図書館「好書大家読　優良推薦図書」となり、さらに「金鼎奨優良出版品」推薦作品（児童及び少年図書類）として評価されている。

林秀赫　本名は許舜傑。台南市に生まれる。台湾師範大学国文学科博士。現在、台南大学国語文学科助理教授。専攻は現代詩学、現代文学及び流行文化。また小説、映画シナリオなどの創作にも取り組んでいる。「呉濁流文学賞」、「林栄三文学賞」、「全球華文文学星雲

獎」等多項文學創作獎項。出版有小說《嬰兒整形》、《深度安靜》，並創作電影劇本《爺爺的逆襲》、《憂鬱偵探》、《驚夢49天》。另有研究專著《巨靈　百年新詩形式的生成與建構》，該書榮獲第五屆「臺灣詩學研究獎」。

片岡文雄　一九三三—二〇一四年。日本詩人。出生於高知縣。明治大學文學系畢業。一九六六年創刊發行詩誌《開花期》，並主持該誌長達二十餘年。一九七六年以《歸鄉手帖》獲得第九屆小熊秀雄獎，一九八八年以《漂う岸》（漂流之岸）獲得第十三屆地球獎，一九九八年以《流れる家》（流離之家）獲得第十六屆現代詩人獎。現為日本現代詩人會會員。

賞」、「台北文学賞」、「聯合文学小説新人賞」など多くの受賞歴あり。小説に『嬰兒整形』、『深度安静』、映画のシナリオに『爺爺的逆襲』、『憂鬱偵探』、『驚夢49天』などがある。また研究書に『巨霊　百年新詩形式的生成与建構』があり、本書は第5回「台湾詩学研究賞」を受賞している。

片岡文雄（かたおか・ふみお）一九三三—二〇一四年。日本の詩人。高知県生まれ。明治大学文学部卒業。一九六六年より二十余年、主宰として詩誌『開花期』を刊行。一九七六年『帰郷手帖』で第9回小熊秀雄賞、一九八八年『漂う岸』で第13回地球賞、一九九八年『流れる家』で第16回現代詩人賞受賞。日本現代詩人会会員。

装画　呉 天 章
装幀　毛利一枝

龍《りゅう》 秀《ひで》美《み》詩集《ししゅう》 TAIWAN（中 文版《ちゅうぶんばん》）

❖

2021 年 1 月 19 日　第 1 刷発行

❖

著　者　龍 秀 美
訳　者　金 培 懿
発行者　別府大悟
発行所　合同会社花乱社
〒810-0001 福岡市中央区天神 5-5-8-5D
電話 092（781）7550 FAX 092（781）7555
http://karansha.com/
印　刷　ダイヤモンド秀巧社印刷株式会社
製　本　篠原製本株式会社
［定価はカバーに表示］

ISBN978-4-910038-26-1